Sabine Franz Hrsg.

Drachengift

Magische
Geschichten

Arena

In neuer Rechtschreibung

1. Auflage als Originalausgabe im Arena-Taschenbuch 2007
© 2007 by Arena Verlag GmbH, Würzburg
Alle Rechte dieser Ausgabe vorbehalten
© der einzelnen Beiträge siehe Seite 154
Zusammengestellt von Sabine Franz
Umschlaggestaltung: Frauke Schneider
Umschlagtypografie: knaus.büro für konzeptionelle
und visuelle identitäten, Würzburg
Gesamtherstellung: Westermann Druck Zwickau GmbH
ISSN 0518-4002
ISBN 978-3-401-02990-0

www.arena-verlag.de

Inhalt

KATJA BRANDIS

Arthor auf Schloss Fledermaus

Arthor hasste das Geräusch, das seine Krallen auf dem polierten Marmorboden machten. Er hasste die Treppenstufen, die immer seine Bauchschuppen aufschürften. Er hasste es, dass er sich jedes Mal die Spitzen seiner Flügel prellte, wenn er zu spät daran dachte, wie wenig Platz es hier gab. Aber vor allem hasste er es, dass er gezwungen wurde, Elfenwurztee und Kümmelplätzchen zu servieren. Und das für die nächsten hundert Jahre!

»Wo bleibt mein Tee? Wird's bald!«, meckerte Leonidas. Arthor hätte ihn am liebsten angefaucht – oder noch besser, gebissen! –, aber das ging schlecht, weil er gerade ein Tablett auf seiner Schnauze balancieren musste. Außerdem hinderte der Bannspruch ihn daran, Leonidas irgendetwas anzutun. Dieser verdammte Bannspruch! Wenn alles nach Plan gelaufen wäre, hätte Arthor jetzt auf dem Weg zu den großen Inseln im Osten sein können, unterwegs zum ewigen Eis der Frostdrachen, zu den Wundern des schwarzen Kontinents . . .

Als Arthor den Kopf wieder hob, sah er, dass Leonidas ihn mit zusammengekniffenen Augen über seine Lesebrille hinweg musterte. »Du wirst nächste Woche allein hier auf dem Schloss bleiben«, verkündete der Zauberer und kratzte sich am Kopf. Das tat er oft. Er züchtete dort Leuchtläuse, die er ab und zu für seine alchemistischen Experimente brauchte. »Ich werde zum großen Magiertreffen nach Wyford reisen.«

Arthor war begeistert. Eine Woche allein auf Schloss Fledermaus! Vielleicht schaffte er es, in dieser Zeit endlich einen Fluchtweg zu finden! »Zu Befehl«, sagte er und versuchte betrübt dreinzuschauen. Es gelang ihm nicht besonders gut.

»Du wirst das Schloss gegen Eindringlinge jeglicher Art verteidigen«, fuhr Leonidas mit strengem Blick fort und polierte sein silbernes Schlangen-Amulett mit dem Daumen. »Das sollte selbst ein junger, dämlicher Drache wie du schaffen!«

Arthor schaffte es, die Beleidigung schweigend einzustecken, nur seine Schwanzspitze zitterte wütend. Hm, was genau meinte Leonidas mit *Eindringlingen*? Große gefährliche Fabelwesen, mächtige Magier? Arthor merkte, wie er unsicher wurde. Es stimmte, er war mit seinen dreiundsiebzig Wintern noch ziemlich jung und unerfahren. Andererseits, sagte sich Arthor trotzig, bin ich selber ein großes und gefährliches Fabelwesen.

Gerade als sich Arthor wieder beruhigt hatte, fuhr Leonidas fort: »Und wehe, wenn nicht alles in bester Ordnung ist, wenn ich zurückkomme! Wenn ich mit dir nicht zufrieden bin, dann werde ich meinen alten Freund Baron von Blutenburg bitten, sich um dich zu kümmern. Dir ist hoffentlich klar, was das bedeutet, Flattervieh!«

Arthor war entsetzt. Ja, er wusste sehr wohl, was das bedeutete. Baron von Blutenburg war ein Name, der in Arthors Sippe nur geknurrt und gefaucht wurde. Er war einer der berühmtesten Drachentöter weit und breit.

Leonidas schien keine Antwort zu erwarten. Er wuchtete seinen schweren Körper aus dem Sessel, klopfte seine blaue Seidenrobe ab und tappte hinüber zu seinem Lieblingssofa, auf dem er den Mittagsschlaf zu halten pflegte. Es war mit Maulwurffellen bezogen und sehr weich. Mit einem verächtlichen Wedeln der Hand signalisierte Leonidas, dass sein Drache sich verziehen solle. Niedergeschlagen tappte Arthor die drei Treppen zum Burgtor hinunter, um sich dort sein Mittagessen abzuholen. Die Bauern der Umgebung waren abergläubige Menschen und hatten tiefe Furcht vor Leonidas. Sie legten jeden Tag ein totes Tier vor dem Tor ab, so, wie der Zauberer es ihnen befohlen hatte. Tote Tiere schmeckten Arthor zwar nicht besonders, waren aber immerhin besser als Kümmelplätzchen.

Heute gab es Schaf. Nachdem Arthor gefressen hatte, verzog er sich zu seinem Ruheplatz. Er durfte eine Ecke des großen Bankett- und Ballsaals im Erdgeschoss benutzen. Sein Nest bestand aus ein paar alten Decken mit Brandlöchern. Was für eine jämmerliche Existenz! Alle anderen Drachen in seinem Alter waren längst dabei, in irgendwelchen Höhlen eigene Schätze anzuhäufen! Nur er war so blöd gewesen, den Fledermäusen zu folgen, und war dabei so niedrig über das Schloss geflogen, dass ihn der Bannspruch des Magiers treffen konnte. Niedergeschlagen schlief Arthor ein.

Schon am nächsten Tag in der Abenddämmerung war es so weit. Leonidas rüstete sich zum Aufbruch. Der Magier war darauf spezialisiert, Gegenstände zum Fliegen zu bringen. Im Moment reiste Leonidas auf einem lebensgroßen, geschnitzten Pferd aus Ebenholz durch die Luft. Arthor war froh, dass er selbst nicht als Reittier herhalten musste.

»Also – denk dran, entweder du bewährst dich oder du lernst den Baron kennen!«, schnauzte Leonidas beim Abschied und schwang sich auf sein Holzpferd. Rechts und links an seinen Flanken waren lederne Reisekoffer und ein Käfig mit zwei lebenden Fledermäusen festgezurrt. Arthor schwieg grimmig und beobachtete, wie die Leuchtläuse auf Leonidas' Kopf herumwuselten. Es sah in der Dunkelheit sehr hübsch aus.

Als der Zauberer verschwunden war, schnaufte Arthor erst einmal tief durch. Endlich allein! Er bereitete die Flügel aus und schlug ein paarmal damit auf und ab – nur um zu sehen, ob es noch ging. Zwischen den vier Türmen war genug Platz dafür. Über ihm spannte sich der weite, sternenbesetzte Sommerhimmel. Die Luft roch gut hier oben, nach Weite und Freiheit. Arthor seufzte. Lästig waren hier oben nur die Fledermäuse. Sie waren Leonidas' treue Diener. Ihr größtes Vergnügen war, ihm um den Kopf zu flattern und ihn mit hohen Stimmchen zu verhöhnen.

»Fiiii, hab noch nie so hässliche Flügel gesehen, kiiih, zum Fliegen ist er auch viel zu fett und er riecht wie ein toter Troll!«, schrillten sie gerade.

Arthor versuchte, nicht hinzuhören, und entschied sich,

erst einmal eine Runde durchs Schloss zu machen. Leonidas hatte es nicht für nötig gehalten, seinem Drachen seinen neuen Wohnort zu zeigen. Arthor brannte darauf zu sehen, was sich hinter den vielen Türen verbarg. Und vielleicht entdeckte er einen Hinweis darauf, wie er sich befreien konnte!

Das Schloss hatte drei Stockwerke. Ganz oben war Leonidas' Arbeitsbereich, im ersten Stock wohnte der Zauberer und im Erdgeschoss waren Empfangszimmer, Saal und Küche. Arthor entschied sich, mit seinen Erkundungen oben anzufangen. Er spähte in das große Laboratorium und streckte vorsichtig den langen, gepanzerten Hals durch die Tür. Ganz hineinzugehen traute er sich nicht, sonst warf er womöglich etwas um. Arthor sog die Luft ein. Mmh, hier duftete es lecker nach Schwefel und ätzenden Dämpfen! Auf Holz- und Steintischen standen Glasgefäße, Röhrchen und Dreifüße herum, Flaschen und Tiegel mit handbeschrifteten Etiketten, Brenner und Kühlvorrichtungen. In einer Ecke waren Gegenstände gestapelt, wahrscheinlich Sachen, die Leonidas noch zum Fliegen bringen wollte. Mit einem Teppich hatte er es schon geschafft – er lag unten im Erdgeschoss, um die Gäste des Zauberers zu beeindrucken.

Ehrfürchtig tappte Arthor durch den Giftkräutergarten und den Raum, der als Lager diente. Daneben war eine Holztür mit uralten Schnitzereien. Arthor legte die Krallen seiner rechten Vorderpfote um den Griff und drückte die Tür auf. Der Geruch nach altem Pergament, Staub und Ledersesseln stieg Arthor in die Nase. Tausende von Büchern bedeckten die Wände. Aha, eine Bibliothek! Vermutlich waren es Werke zum Thema Zauberei, die hier vor sich hin staubten. Halb sehnsüchtig, halb verzweifelt, musterte Arthor die Bücher. Beim Ei des Hüters, warum hatte er sich nie die Zeit genommen, Menschenschrift lesen zu lernen? In den dicken Wälzern standen bestimmt ganze Kapitel über das Thema Bannflüche. Arthor drückte die Tür ganz auf und tappte über die Schwelle.

»SIE HABEN ...«, dröhnte eine Stimme neben ihm los. Arthor zuckte zusammen und fuhr Feuer fauchend herum. Sein Schwanz peitschte gegen ein Bücherregal und zentnerschwere Bände prasselten auf ihn herunter.

» ... Post«, krächzte die Stimme kläglich und verstummte.

Oh nein! Entsetzt stellte Arthor fest, dass er sich gerade gegen einen magischen Briefkasten aus violettem Samt verteidigt hatte.

Zumindest *war* der Samt einmal violett gewesen, wie man an einer Ecke noch erkennen konnte. Der Rest war schwarz verkohlt, genau wie die Vorhänge daneben. Gerade tanzten ein paar kleine Flammen daran hinauf, leckten gegen die Decke und machten sich gierig über die Bücher her.

Oh nein! Jetzt gab es nur noch eine Lösung. Arthor brauchte Löschwasser, und zwar schnell. Am nähesten war der Teich im Schlossgarten. Arthor sprang nach draußen und vergaß in seiner Eile, vorher das Fenster aufzumachen. Es regnete Glasscherben. Draußen packte Arthor eine alte Pferdetränke, riss sie mit einem einzigen Ruck aus ihrer Verankerung, füllte sie im Teich und flog zurück. Sekunden später war der Brand gelöscht. Aber Arthor packte das kalte Grausen, als er sah, wie die Bibliothek zugerichtet war. Die Bücher, die nicht angekohlt worden waren, waren jetzt durchweicht. Im ganzen Raum roch es nach kalter Asche.

Während der nächsten Stunden räumte Arthor fieberhaft auf. Die Bücher trocknete er im großen Kamin des Ballsaales – was sich einige nur unter heftigem Seitenflappen gefallen ließen. Zum Schluss sah man kaum noch etwas davon, was in der Bibliothek passiert war. Jedenfalls, wenn man nicht so genau hinschaute. Arthor stieß einen Seufzer der Erleichterung aus. Nur der Briefkasten und das Fenster waren leider nicht mehr zu retten. Aber wegen solcher Kleinigkeiten würde ihn Leonidas sicher nicht dem Baron ausliefern!

Um sich von seinen düsteren Gedanken abzulenken, setzte Arthor seine Erkundungen im Schloss fort. Das einzig Interessante, das er im ersten Stock fand, war eine große Flasche mit extrastarkem Warzenentferner in Leonidas' Bad.

Das Erdgeschoss kannte Arthor schon recht gut. Hier gab es zwei verschiedene Empfangsräume. Der eine war für die erwünschten Gäste gedacht. Hier lag Leonidas' fliegender Teppich. Das Zimmer war vollgestopft mit goldenen, schnörkeligen Möbeln und Vasen aus antikem Porzellan. Außerdem stand hier ein großes Glas mit einer gefangenen Blumenelfe. Meist saß sie traurig auf dem Boden des Glases oder kletterte lustlos auf der künstlichen Blüte in ihrem Gefängnis herum. Sie grüßte Arthor jedes Mal nett, wenn sie ihn sah. Er grüßte ebenso nett und traurig zurück.

Das zweite Esszimmer war für unerwünschte Gäste gedacht – empörte Dorfbewohner zum Beispiel, die sich über violetten Rauch aus dem Schloss beschwerten. Hier gab es weder Sitzgelegenheiten noch Teppiche. Unter einem herausnehmbaren Bodenbrett gammelte ein Stück Troll-Kot vor sich hin. Niemand hielt es länger als zwei oder drei Minuten in diesem Zimmer aus, und das war ganz in Leonidas' Sinn.

Jetzt fehlten nur noch die unterirdischen Gewölbe. Arthor musste eine Weile suchen, bis er den Eingang unter einer Falltür im Lagerraum gefunden hatte. Unter der Burg war es wunderbar feucht und kühl und dunkel. Kakerlaken krabbelten hastig aus dem Weg, als Arthor mit wogendem Gang und eng angezogenen Flügeln durch die Gänge schritt. Ab und zu streifte ein Spinnennetz seine Schnauze und er schnaubte es weg. In einem der Räume lagerten Vorräte – ein paar Kisten Trollinger 1876er Auslese und mehrere Flaschen bester Mäusemilch, ein geräucherter Schinken, unzählige verstaubte Konserven, die mit einer altmodisch geschwungenen Handschrift etikettiert waren, und ein paar eigenartige Knollen, die vielleicht eine exotische Kartoffelsorte waren, aber wahrscheinlich eher nicht. Der Schinken roch lecker und jeder Drache trank leidenschaftlich gerne Mäusemilch. Aber Arthor widerstand der Versuchung. Er hatte schon genug Ärger!

Im Raum nebenan witterte Arthor alte Knochen. Er entdeckte eine Gruft mit fünf Särgen und ein paar Gerippe.

13

Jenseits der Gruft waren weite dunkle Gänge. Arthor machte sich daran, auch diesen Bereich zu erforschen. Doch auf einmal hatte er das Gefühl, beobachtet zu werden. Vorsichtig schlich er weiter – und zuckte zusammen, als in der Dunkelheit eine hohe, schrille Stimme erklang.

»Na also«, sagte sie. »Endlich kommst du auch mal vorbei.«

Arthor war verblüfft. War das einer der Eindringlinge, die er erledigen sollte? Klang irgendwie nicht so. »Wer bist du und was hast du hier zu suchen?«, knurrte er möglichst drohend.

»Du bist aber ganz schön frech«, kam sofort die Antwort. »Dabei bist du erst zwei Wochen hier. Wahrscheinlich erkennst du einen chilenischen Goliath-Hamster nicht mal, wenn du ihn siehst! Ich bin übrigens Pak.«

Arthor stellte sich ebenfalls vor. Inzwischen hatten sich seine Augen an die Dunkelheit gewöhnt. Jetzt konnte er das Wesen, das vor ihm hockte, genauer erkennen. Goliath-Hamster? Was für ein Blödsinn? Das war eine gewöhnliche Riesenratte. »Wohnst du schon lange hier?«

»Ach, so drei, vier Jahrzehnte . . . Hab meinen Kalender verschlampt.«

»Weiß Leonidas, dass du hier bist?«

»Nicht, dass ich wüsste. Bisher hat mich keiner verpetzt. Hoffe, du kannst auch deine Klappe halten, Kleiner!«

Kleiner?! Arthor blickte auf das rundliche braune Wesen hinab, das gerade um seine Vorderpfoten wuselte. »Äh, ist dir bewusst, dass ich dich in einer Sekunde mit meinem Feuerstrahl rösten könnte?«

»Ach, stell dich nicht so an«, sagte Pak und schnüffelte an einer von Arthors Krallen. »Sag mal, Drache, weißt du ein paar gute Rätsel? Ist grad 'n bisschen langweilig hier unten.«

Natürlich wusste Arthor Rätsel, aber seine Neugier war stärker.

»Was hast du eigentlich vorhin mit dem *Endlich kommst du auch mal vorbei* gemeint?«

»Na ja, deine Vorgänger haben sich nicht so viel Zeit damit gelassen, das Schloss anzuschauen. Hab schon vier Drachen kommen und gehen sehen!«

Arthor schnaufte aufgeregt. »Wer waren sie? Was ist mit ihnen passiert?«

Pak schaute mit blanken schwarzen Augen zu ihm auf. »Willst du das wirklich wissen, Kleiner?« Arthor nickte und Pak fuhr fort: »Zwei haben so lange hier gedient, bis sie zu sehr gewachsen waren und nicht mehr durch die Türen passten. Dann musste Leonidas Ersatz für sie besorgen. Die anderen beiden hat der Baron bekommen. Da, ich seh's genau, jetzt hast du Angst gekriegt! Aber du wolltest, dass ich es dir erzähle!«

»Ich habe keine Angst«, behauptete Arthor schwach. »Komm, stellen wir uns ein paar Rätsel.«

Doch schon nach zwei Rätseln fingen Arthors feine Ohren Geräusche von oben auf. Hörte sich so an, als würde jemand an das große Eingangstor klopfen! Hastig verabschiedete Arthor sich von Pak und erklomm die Stufen, die ins Erdgeschoss führten. Er hakte eine Kralle durch den Eisenring, der zum Öffnen diente, und machte auf.

Draußen standen ein alter Mann und eine runzelige,

bucklige Frau. Verblüfft blickte Arthor auf sie hinab. Seit er hier war, hatte sich noch nie jemand aus dem Dorf hierhergewagt. »Was wollt Ihr?«

»Nur einen Schluck Wasser, edler Drache«, säuselte die Frau. »Ich verdurste fast! Diesen kleinen Gefallen werdet Ihr mir doch nicht abschlagen, oder?«

»Äh . . . nein«, sagte Arthor verwirrt. »Moment, ich hole einen Krug.« Er ließ das Tor einen Spalt offen und eilte in die Küche. Hoffentlich brach die Frau nicht auf der Schwelle zusammen!

Doch als er mit dem Krug Wasser zurückkam, waren die beiden Alten verschwunden. Und mit ihnen der wertvolle fliegende Teppich! Aufgeregt klopfte die Blumenelfe an die Wand ihrer Glasglocke und deutete nach draußen. Arthor hastete in den Schlosshof, aber die beiden Leute waren nirgendwo mehr zu finden. Arthor stöhnte verzweifelt. Jetzt hatte er sich auch noch hereinlegen lassen! Jung und dämlich war er, Leonidas hatte ganz recht. Mindestens zehn durchwachte und durchfluchte Nächte hatte Leonidas an diesem blöden Teppich gearbeitet! Kein Zweifel, Diebe ins Schloss zu lassen, war noch viel schlimmer, als einen magischen Briefkasten in Brand zu stecken.

Mit hängenden Flügeln kroch Arthor zurück ins Kellergewölbe und berichtete Pak, was passiert war.

»Oje«, meinte sein neuer Freund. »Aber warte mal, ich erinnere mich gerade an was . . . ich glaube, der Alte hat in einem Wandschrank im zweiten Stock noch so einen Teppich.«

»Kann das Ding denn fliegen?«

»Nein – aber bis Leonidas das merkt, sind bestimmt ein paar Monate vergangen. Dann kommt er nicht mehr auf die Idee, dir die Schuld zu geben!«

Arthor bedankte sich für den Tipp und ging sofort ans Werk. Als er den zweiten Teppich im Empfangszimmer ausgerollt hatte, beruhigte sich sein Puls langsam. Das Ding sah dem fliegenden Teppich ungeheuer ähnlich. Puh, gerade noch mal gut gegangen!

Arthor kletterte aufs Dach, um sich an der frischen Luft ein wenig zu erholen. Doch dort wartete schon der nächste Schreck auf ihn.

»Alter FREUND!«, dröhnte es direkt über ihm, dann verdunkelte sich die Sonne. Arthor sah auf und konnte sich gerade noch rechtzeitig beiseiterollen, bevor eine gewaltige dunkle Gestalt auf ihm landete. Ein anderer Drache! Und es gab in seinem Bekanntenkreis nur einen Drachen, der sich ständig einen Spaß daraus machte, aus dem Hinterhalt auf jemanden draufzuspringen.

»Vin!«, rief Arthor überglücklich. »Wie hast du mich gefunden?«

»Hat sich rumgesprochen, dass du hier bist«, erklärte sein Cousin und hieb Arthor spielerisch mit der Pranke gegen ein Vorderbein. »Ich dachte, ich schaue einfach mal bei dir vorbei und sehe nach dem Rechten. Damit die Familie beruhigt ist.«

Arthor war so erleichtert, dass er den Schmerz in seinem Vorderbein kaum bemerkte. Er war gerettet! Leonidas würde vor Wut platzen, wenn er zurückkam und sein

Drache fort war! »Beim Ei des Hüters, bin ich froh, dass du da bist!«, seufzte Arthor. »Sag mir schnell die Gegenformel für den Bannspruch, dann können wir zusammen zurückfliegen!«

»Gibt keine, leider«, meinte sein Cousin, drehte sich neugierig um und riss dabei mit dem Schwanz ein paar Steine aus den Turmmauern. »Ich muss schon sagen, du hast Geschmack. Tolles Schloss!«

Mit einem Schlag war es um Arthors Hochstimmung geschehen. Nervös versuchte er die Steine wieder in die Mauer zurückzudrücken. Es ging nicht. Da bemerkte er, dass auf dem Rücken seines Cousins ein Mädchen saß. Es war hübsch, hatte schulterlange schwarze Haare und trug ein blaues Seidenkleid mit vielen Rüschen. Arthor schwante Böses: »Vin! Hast du etwa wieder eine Prinzessin entführt? Wir haben doch schon genug Ärger mit wütenden Königen und Tante Elhaya hat gesagt . . .«

»Ach, stell dich nicht so an«, sagte Vin und die hübsche Prinzessin verschränkte die Arme und sagte: »Was heißt hier entführt? Ich bin freiwillig mitgekommen. So ein Ausflug ist doch viel lustiger als langweilige Empfänge und Benimmunterricht.«

Arthor wollte etwas antworten, kam aber nicht dazu. Gerade war sein Cousin dabei, Kopf und Schultern durch den Treppenschacht zu zwängen, der zum obersten Stockwerk führte. »Du hast doch nichts dagegen, wenn ich mir das Schloss mal anschaue, oder?«, drang es dumpf hervor.

»Docccchh!«, fauchte Arthor verzweifelt, aber es war

schon zu spät. Sein Cousin polterte die Treppe hinunter. Arthor legte die Flügel an und hastete hinterher.

»Also, von außen hat es mir besser gefallen – die Tapete passt einfach nicht«, plapperte Vin unbekümmert drauflos. Sein riesiger schuppiger Leib füllte fast den ganzen Flur aus und bog das Treppengeländer beiseite, als wäre es aus Gummi. Eins von Vins Hörnern blieb am Kronleuchter im Flur hängen. Ein Ruck und Vin wälzte sich weiter. Der Kronleuchter saß jetzt wie eine exotische Verzierung mitten auf seinem Kopf. Die Prinzessin duckte sich auf Vins Nacken und lachte.

»Mmh, was duftet denn hier ...« Suchend drehte Vin den Kopf. Gelähmt vor Schreck, sah Arthor, dass er den Weg zu Leonidas' Laboratorium einschlug.

»Nicht!«, brüllte Arthor. »Vin, komm sofort da raus!«

Doch zur Antwort kam nur ein lautes Klirren und Poltern. »Ups«, murmelte Vin und kroch rückwärts aus dem Laboratorium. Die Prinzessin saß noch immer auf seinem Rücken und wischte sich Splitter und Staub vom Kleid.

Arthor brauchte nicht nachzusehen, um zu wissen, was geschehen war. Von Leonidas' ganzem Stolz war nur noch ein Trümmerhaufen übrig. Irgendwie schaffte es Arthor, seinen Cousin wieder aufs Dach zu verfrachten. Dann war es um seine Selbstbeherrschung geschehen.

»Weißt du eigentlich, was du angerichtet hast? Hast du auch nur die leiseste Ahnung davon, was jetzt mit mir passiert?«, brüllte er. »Jetzt gibt es kein Zurück mehr, jetzt werde ich Baron von Blutenburg übergeben und dann ist es aus mit mir. Aus. Aus! AUS!«

Einen Moment lang war es ganz still. Ein paar schläfrige Fledermäuse kamen – aufgeschreckt von dem lärmenden Drachen – aus dem Südturm ins Freie getorkelt. Schließlich sagte Vin mit vorwurfsvollem Blick: »Wieso hast du das nicht früher gesagt? Dann hätte ich besser aufgepasst, wo ich hintrete.«

Arthor stöhnte nur und sackte auf dem Steinboden zusammen. Es war kein schönes Gefühl, nur noch ein paar Tage leben zu dürfen.

»Baron von Blutenburg? Den kenn ich«, mischte sich plötzlich die Prinzessin ein.

Arthor hob den Kopf. »Du kennst ihn? Wer bist du eigentlich?«

»Kira von Echterdingen«, sagte die Prinzessin. Sie ließ sich von Vins Rücken gleiten, schlenderte zu Arthor und klopfte ihm aufmunternd auf die Vorderpfote. »Nimm's nicht so schwer. Mit dem Baron wirst du bestimmt fertig. Dass er mal ein toller Drachentöter war, ist schon lange her. Seeehr lange.«

»Du meinst, er ist zwar immer noch berühmt, aber nicht mehr so gefährlich?«

»Genau. Er verlässt sich darauf, dass alle Drachen vor ihm Angst haben. Aber ich habe selbst gehört, wie er über sein Rheuma und seine Hühneraugen gejammert hat.«

Langsam schöpfte Arthor wieder Hoffnung. Als Vin und Kira sich mit einem aufmunternden »Du schaffst das!« auf den Weg machten, brachte er sogar die Kraft auf, ihnen freundlich hinterherzuwinken. Dann wanderte er nach unten in die Kellergewölbe, um Pak kurz zu erzählen, was passiert war. Leonidas wollte morgen zurück sein. Bis dahin gab es noch ein paar Dinge, die Arthor erledigen wollte – jetzt, wo er nichts mehr zu verlieren hatte.

Als Erstes befreite er die Blumenelfe. Vorsichtig zerbrach er das dicke Glas, hinter dem sie gefangen war. Mit piepsigen Freudenschreien flatterte sie auf, gab ihm einen Kuss auf die hornige Schnauze und flog aus dem Fenster davon. Ein Hauch goldener Blütenstaub blieb auf Arthors Schnauzenspitze zurück.

Als Nächstes fraß Arthor den großen Schinken im Keller, trank sämtliche Flaschen Mäusemilch und, weil er gerade dabei war, auch noch den 1876er-Trollinger.

Als Leonidas zurückkam, war er außer sich und ließ Arthor in ein feuchtes dunkles Verließ sperren. Dort fand Arthor es ausgesprochen gemütlich. Und jetzt hatte er endlich Zeit, mit Pak ein paar Rätsel auszutauschen.

Ein paar Tage später war es so weit. »Der Baron ist da, Flattervieh«, kündigte Leonidas mit einem breiten Grinsen an und zerrte Arthor an einer schweren Eisenkette nach draußen. »Zeig's dem Mistkerl«, quiekte Pak ihm aufmunternd hinterher.

Arthor genoss es, wie weich sich das Gras unter seinen Krallen anfühlte. Er streckte sich, lockerte seine Muskeln und dehnte den langen gepanzerten Hals. Bald bin ich frei!, dachte er und blickte hinauf in den tiefblauen Sommerhimmel.

Auf der Wiese vor dem Schloss hatte sich eine lärmende Menschenmenge eingefunden. Es hatte sich schnell herumgesprochen, was hier stattfinden sollte! Fliegende

Händler verkauften Erfrischungen und Taschentücher, auf die kleine Bilder des Barons gestickt waren. Andere Händler nahmen Wetten entgegen. Es stand tausend zu eins gegen Arthor. Komisch – hatten die Leute noch nicht gehört, dass der Baron nicht mehr gut kämpfte?

In Arthors Magen machte sich ein mulmiges Gefühl breit. Die Menge jubelte und Arthor reckte neugierig den Kopf. Ein kleiner, dicker Mann in einer hässlichen stumpfgrauen Rüstung kam zum Rand der Wiese geritten, stieg umständlich von seinem Pferd und watschelte auf Leonidas zu. *Das* war Baron von Blutenburg? Arthor beruhigte sich wieder.

Er beobachtete, wie der Baron sich von seinem Knappen einen Speer und eine eiserne, stachelige Kugel an einer Kette reichen ließ. Dann lud der Knappe ächzend ein großes Paket vom Rücken seines Packpferdes. Als er fertig war, kramte er eine Trompete aus seinem Gepäck und blies hinein – der Kampf war eröffnet!

Der Baron klappte das Visier seines Helms herab und stapfte direkt auf Arthor zu. Dem zeig ich's, dachte Arthor und blies ihm die größte Flammenwolke entgegen, die er zustande brachte. Mit einem Raunen wichen die Zuschauer zurück. Leonidas flüchtete hinter sein Sofa. Das Gras der Wiese kräuselte sich und wurde schwarz, ein paar Büsche gingen eindrucksvoll in Flammen auf. Aber der Baron ging einfach weiter, als sei nichts passiert. Beim des Hüters, er hat eine feuerfeste Rüstung, dachte Arthor besorgt.

Der Knappe des Barons hatte inzwischen einen langen Schlauch ausgerollt und das eine Ende in den Teich gesteckt. Gelangweilt begann er zu pumpen und aus dem Schlauch schoss ein Wasserstrahl über die Wiese. Im Nu waren die brennenden Büsche nur noch nasse Büsche.

Auf einmal begann der Baron zu laufen. Im Nu hatte er Arthor erreicht. Er schwang seine eiserne Kugel und sie knallte auf Arthors Schnauze. Arthor quiekte. Aua! Schnell hieb er mit seinen Krallen nach dem Baron und peitschte mit dem Schwanz um sich. Aber der Baron war schon wieder ganz woanders und piekte Arthor mit dem Speer in den Bauch. Zum Glück drang die Spitze nicht durch seine harten Schuppen.

Das lief ganz und gar nicht so, wie Arthor es erwartet hatte! Alt war der Baron vielleicht, aber er war immer noch ein ernst zu nehmender Gegner! Verzweifelt versuchte sich Arthor zu erinnern, was er als Drachenkind über den Kampf gegen Menschen gehört hatte. Arthor verlor den Knappen aus den Augen. Er musste dem Baron ausweichen, der vor ihm mit seiner Lanze und der Eiskugel herumfuchtelte. Doch dann spürte Arthor, dass sich hinter seinem Rücken etwas anbahnte. Arthor hatte das Von-hinten-Anspringen seines Cousins schon so oft über sich ergehen lassen müssen, dass er sofort reagierte, ohne groß nachzudenken. Ohne darauf zu achten, dass der Baron gerade mit seiner Eisenkugel ausholte, zog Arthor die Flügel an und warf sich zur Seite.

Mit einem Zischen segelte ein riesiges Netz über ihn hinweg und fiel – über den Baron. Fluchend versuchte der Ritter sich daraus zu befreien. Sein Knappe eilte herbei, um ihm zu helfen.

Arthor witterte seine Chance. Er spannte die mächtigen Muskeln an und sprang. Einen Atemzug später drückten seine Vorderpfoten den Baron auf die Wiese. Arthor sträubte seine Rückenstacheln, hob den Kopf und brüllte seinen Triumph hinaus. Stumm vor Schreck starrte die Zuschauermenge ihn an.

»Na gut, Drache«, sagte der Baron – es klang durch den Helm hindurch ziemlich dumpf. »Du hast gewonnen. Würdest du mich eventuell verschonen?«

»Nur wenn du versprichst, nie wieder einem Drachen zu schaden«, knurrte Arthor zurück.

Der Baron seufzte. »In Ordnung. Eigentlich wollte ich sowieso in Pension gehen.«

Arthor nahm seine Pfoten von der Brust des Barons. Im gleichen Moment sprang der Ritter auf – und stieß einen Dolch in Richtung Arthors ungepanzerter Kehle! Erschrocken zuckte Arthor weg. Dabei rammte er den Baron so heftig mit der Schulter, dass sein Gegner in den Schlossteich flog.

Sofort hasteten sämtliche Zuschauer und der Knappe zum Ufer des Teichs. Arthor rannte hinterher. Doch alles, was er und die Zuschauer vom Baron und seiner schweren Rüstung noch sahen, waren ein paar Luftblasen, die aus dem Teich aufstiegen.

»Kruxifixdonnerkeilundkrötenschleim!«, entfuhr es Leonidas. Er war knallrot vor Wut und fuchtelte mit den Armen herum. »Hätte ich nur die Finger von dir gelassen, du dreimal verfluchtes Flattervieh! Wo soll ich jetzt Ersatz für den Baron herbekommen, kannst du mir das verraten?«

Arthor grinste nur. Frei! Endlich frei! Er konnte es kaum erwarten, seine Reise in die Welt fortzusetzen! Aber erst verabschiedete er sich von Pak. Die Riesenratte hüpfte vor Aufregung von einer Pfote auf die andere. »Kleiner, ich bin stolz auf dich! Besuchst du mich mal?«

»Versprochen«, sagte Arthor. Dann streckte er den Fledermäusen im Südturm seine Drachenzunge raus und flog los. Mit kräftigen Flügelschlägen gewann er Höhe und genoss es, wie unter ihm das Land vorbeizog. Vor lauter Übermut flog er Schleifen und schlug Purzelbäume in der Luft – bis ein zweistimmiger menschlicher Schrei ihn aufschreckte.

Arthor flatterte einen Moment lang auf der Stelle und sah sich um. War das die Möglichkeit – er hätte beinahe einen fliegenden Teppich gerammt! Darauf kauerten eine Frau, die seltsamerweise gar nicht mehr so alt und runzelig aussah, und ein Mann. Beide glotzten ihn verschreckt an.

»Sieh mal einer an«, sagte Arthor. Wie praktisch, dass sie gerade über einen See flogen. Er schüttelte die beiden Diebe einfach von Leonidas' Teppich und freute sich über das laute Platschen, das von unten zu seinen Drachenohren drang. Dann klemmte er sich den Teppich zwischen die Pfoten. Er wusste schon, wem er das Ding schenken wollte – Kira von Echterdingen, der freiwillig entführten Prinzessin. Nur für den Fall, dass sie doch einmal genug bekam von Arthors chaotischem Cousin ...

Im Garten des Purpurdrachen

Romanauszug

Nur das Rauschen von Wasser war zu hören. Es stürzte über einen Felsen hinab und sammelte sich in einem kleinen See mit dunklem Wasser. Unter der Oberfläche bewegten sich Schatten – schlanke flitzende Fische und größere ovale Gestalten. Im seichten Wasser am Rand standen Schilfbüschel zwischen schwarzen Felsen. Weiter draußen auf dem mit glatten schwarzen Kieseln bedeckten Ufer wuchsen zarte Farne. Einer der ovalen Schatten stieg langsam an die Oberfläche. Es war eine Schildkröte. Sie wurde von einem Wirbel der Strömung erfasst und trieb etwas ab. Sie ruderte mit ihren Schwimmfüßen, um nicht dort, wo der Bach wieder aus dem See hinausfloss und seine Reise ins Tal fortsetzte, über die Kante gespült zu werden.

Eine Libelle schaukelte auf der Wasseroberfläche. Ihre schlanken Beine waren blutrot. Der lang gestreckte dünne Leib war blitzend blau – als wäre ein Splitter Himmel zur Erde gefallen. Sie hatte zwei Paar hauchzarte, schwarz geäderte Flügel. Auf jedem Flügel leuchtete ein Augenfleck, funkelnd wie ein kostbarer Edelstein, den eine Prinzessin verloren hatte. Die Flügel des Insekts schwirrten, es hob ab, flog zu einem Schilfhalm und von dort weiter auf einen Felsen.

Ein Schatten fiel auf die Libelle. Ein Schilfbündel klatschte auf sie nieder und erschlug sie. Ping klaubte das tote Tierchen vom Felsen und steckte es in ihren Lederbeutel, der bereits eine Anzahl mehr oder weniger zerquetschte Raupen und Falter enthielt.

Ein Windstoß fuhr durch das Schilf. In der Luft war eine schneidende Kühle zu spüren, die anzeigte, dass sich der Winter näherte. Ping blickte in die Ferne. Sie hatte diese Aussicht nun schon ein halbes Jahr vor Augen und doch wurde sie ihrer nicht müde. Es war ein klarer Tag und die Reihe der Berggipfel ragte auf wie eine Horde Riesen. Nadelwälder bedeckten die tieferen Hänge, an den steileren Flanken weiter oben hockten wie Geier nur noch vereinzelte Krüppelkiefern, die dort in den Felsen einen Platz gefunden hatten, um Wurzeln zu schlagen.

Eingestreut ins matte Grün der Kiefern leuchteten einige wenige Laubbäume herbstlich orange und rot. Auf einem fernen See glitzerte Sonnenlicht. Irgendwie fühlte sich Ping, als lebte sie in einem der Gemälde, die im Huangling-Palast hingen. Sie hatte früher geglaubt, solche Landschaften gebe es nur in der Fantasie von Künstlern. Jetzt wusste sie, dass sie wirklich existierten.

Die schroffen Felswände des Tai Shan hinter ihr verstellten den Himmel. Ping blickte lieber auf die Gipfel im Süden, die niedriger und sanfter waren und keine bösen Erinnerungen heraufbeschworen.

Ein raues Quäken störte den nachmittäglichen Frieden. Ping schloss die Augen und seufzte. Das Quäken wurde lauter und dringlicher. Es klang panisch, als ginge es um Leben und Tod. Ping beeilte sich nicht. Sie ging hinüber zu einer Gruppe von Kiefern. Es waren kleine Bäume, nicht einmal doppelt so hoch wie Ping, knorrig und krumm. Das Quäken verwandelte sich in ein lang anhaltendes Kreischen.

Sie stellte sich vor einen der Bäume und stemmte die Hände in die Hüften.

»Long Kai Duan«, sagte sie streng, »hab ich dir nicht verboten, auf Bäume zu klettern?«

Ein kleines Lebewesen hing mit dem Kopf nach unten an einem der obersten Zweige. Es war mit purpurnen Schuppen bedeckt, die im Sonnenlicht veilchenfarben schimmerten. Am Rückgrat entlang ragte eine Reihe spitzer Stacheln auf. Sein Schwanz schlang sich um den Zweig. Es hatte Klauen, die im Verhältnis zum Körper viel zu groß wirkten, und an jeder Klaue vier scharfe schwarze Krallen, mit denen es sich an der Rinde festklammerte. Das kleine Wesen wandte den Kopf Ping zu. Die Lider über den leuchtend grünen Augen flatterten ängstlich. Die lang gestreckte Schnauze des Wesens endete in einer stumpfen rosafarbenen Nase mit hektisch bebenden Nüstern. Der große Mund öffnete sich weit zu einem weiteren Quäken, dabei wurden spitze Zähnchen und eine lange rote Zunge sichtbar. Das Wesen war ein kleiner Drache, kaum größer als eine Katze oder ein Feldhase.

Die Rinde unter den Krallen der vorderen Klauen löste

sich vom Zweig. Die Schreie des Drachen wurden schriller. Die Krallen an den Hinterbeinen konnten sein Gewicht nicht mehr halten. Er ließ den Zweig los und baumelte an seinem Schwanz hängend frei in der Luft. Er wimmerte leise. Ping stieg auf einen Felsbrocken und streckte dem Drachen den Arm hin. Er klammerte sich daran fest, seine Krallen bohrten sich in ihre Haut.

»Aua«, sagte Ping, aber der Drache nahm keine Notiz davon.

Ping rutschte auf dem glatten Stein aus, verlor das Gleichgewicht, schlitterte auf ihrem Hinterteil den Felsen hinunter und landete unsanft auf dem Boden. Der Drache ließ ihren Arm los, versetzte ihr einen ruppigen Nasenstüber und machte sich davon.

Ping rieb sich die Nase. »Wenn das deine Art ist, Danke schön zu sagen, dann lass es das nächste Mal lieber sein.« Sie untersuchte die Kratzer an ihrem Arm. Beide Arme trugen Spuren von Krallen, manche noch frisch, andere schon vernarbt.

Dann hörte sie ein Platschen. Kai war zu der Erkenntnis gelangt, dass klettern zu gefährlich war, und nahm jetzt ein Bad. Er liebte das Wasser und brachte oft Stunden in dem kleinen See zu. Er war ein guter Schwimmer und fühlte sich im nassen Element ebenso wohl wie an Land, trotzdem hatte Ping immer ein bisschen Angst um ihn. Sie selbst konnte nicht schwimmen, und als sie einmal ins tiefe Wasser geraten war, hatte sie panischen Schrecken ausgestanden.

Ping hatte sich lange überlegt, wo sie den kleinen purpurnen Drachen aufziehen konnte. Es musste ein abgeschiedener Ort sein, wo sie ungestört waren, wo Kai umherrennen konnte, ohne gesehen zu werden. Sie kannte sich nicht besonders gut aus im Reich, eigentlich kannte sie nur einen einzigen Ort, wo praktisch nie ein Mensch hinkam. Er lag auf dem heiligen Berg Tai Shan, den sie zusammen mit dem jungen Kaiser bestiegen hatte, als dieser am Beginn seiner Herrschaft dort um den Segen des Himmels gefleht hatte. Nur der Kaiser und seine Begleiter durften das Gebiet oberhalb des »Tors auf halbem Weg zum Himmel« betreten, allen anderen Menschen war es bei Todesstrafe verboten.

Der Flug vom Tai Shan zum Meer auf dem Rücken von Kais Vater Long Danzi hatte nicht einmal einen Tag gedauert, für den Rückweg zu Fuß hatte Ping eine Woche gebraucht. Den kleinen, erst frisch geschlüpften Drachen auf dem Arm, war sie den Bergpfad hinaufgestiegen in das verbotene Gebiet jenseits des Tors. Dort oben hatte sie den Pfad verlassen, um quer über die steilen Hänge auf der Westseite weiterzuwandern. Liu Che, der junge Kaiser, hatte einmal einen kleinen See erwähnt, der dort liegen sollte, den Schwarzen Drachensee. Der Name klang düster, aber immerhin war es ein Drachensee, und das schien Ping ein gutes Vorzeichen zu sein.

Der Ort war denn auch wirklich keineswegs schreckeneinflößend. Er lag auf einem kleinen Plateau auf halber Höhe der steilen Flanke des Tai Shan; dort sammelte sich das Wasser eines Sturzbachs in einem natürlichen Felsenbecken. Seine schwarze Farbe hatte der kleine See von dem dunklen Untergrund. Auf der einen Seite erstreckte sich ein Kiefernwäldchen, auf der anderen ein Stückchen Wiese. Der Platz war sehr sonnig und in der Umgebung fanden sich essbare Wurzeln, Pilze und Beeren, die ihre einfachen Mahlzeiten aus Getreide und Linsen bereicherten. Es gab auch Fische in dem Bach.

Als Kai sich müde geplanscht hatte, stand die Sonne bereits als orangeroter Ball über dem Horizont. Auch der See in der Ferne glitzerte orange, als wäre dort flüssige Glut aus dem Inneren der Sonne auf die Erde getropft. Ping blickte, die Hand über den Augen, nach Westen und genoss das Schauspiel, das sich ihr bot. Dann trat sie wieder ans Feuer und rührte in dem Topf mit der Fischsuppe, die sie zubereitet hatte. Sie hatte ein schlechtes Gewissen, weil sie die Fische gefangen hatte, die so zutraulich im seichten Wasser um sie herumgeschwommen waren, aber sie konnte sich nicht allein von Wurzeln und Beeren ernähren und sie musste ihren kleinen Vorrat an Getreide und Linsen für den Winter aufsparen. Sicher, es gab auch noch Schildkröten, die sie hätte essen können, aber Ping brachte es nicht übers Herz, sie zu töten. Von dem kleinen Drachen abgesehen, waren sie ihre einzige Gesellschaft hier.

Ein lautes Meckern erinnerte sie daran, dass das nicht ganz richtig war.

»Ja, natürlich, du bist auch noch da«, sagte sie zu der Ziege, die an einem Baum in der Nähe angebunden war.

»Und wenn ich's genau überlege, scheint mir, dass du mehr Verstand hast als Kai.«

Ping kauerte sich neben die Ziege und melkte sie. Sie musste den Drachen nicht rufen. Noch bevor sie den Napf mit der warmen Milch auf den Boden gestellt hatte, war Kai da und machte sich schlürfend und spritzend darüber her, die Vordertatzen im Napf.

Wieder meckerte die Ziege.

»Ja, und bessere Manieren hast du auch«, sagte Ping.

Sie setzte sich nah ans Fenster und wärmte ihre Hände über der Glut. Der kleine Drache war gewachsen. Er war jetzt zehnmal so groß wie das winzige Wesen, das damals aus dem Drachenstein ausgeschlüpft war. Und er brauchte zehnmal so viel Nahrung. Als Kai den Napf sauber ausgeleckt hatte, quäkte er unzufrieden.

»Ich hab noch etwas für dich«, sagte Ping.

Sie nahm die Libelle aus dem Lederbeutel und hielt sie ihm hin. Kai schnappte sie sich. Ping konnte gerade noch ihre Finger in Sicherheit bringen. Der Drache beschnüffelte erwartungsvoll den Beutel.

»Wenn du nur endlich mal anfangen würdest, dir dein Essen selbst zu fangen«, seufzte Ping und gab ihm eine Raupe. Kai verschlang sie in einem Haps, ebenso die restlichen fünf Raupen aus Pings Beutel. Dann setzte er sich auf die Hintertatzen und rülpste. Ping hoffte, dass er damit seiner Befriedigung Ausdruck verleihen wollte. Nachdem der kleine Drache Ping dreimal umkreist hatte, immer am Saum ihres Kleids entlang, ließ er sich schließlich nieder. Gleich darauf war er eingeschlafen.

Als der alte grüne Drache fortgeflogen war zur Insel der Seligen und Ping am Ufer des Meers alleingelassen hatte, war sie zuerst ganz und gar ratlos gewesen. Danzi hatte ihr gesagt, sie sei die Hüterin des Drachen und werde wissen, was sie zu tun habe. Die Verantwortung lastete schwer auf der Zwölfjährigen. Sie wollte nicht dort an der Küste bleiben. Ihr war nicht wohl zumute am Meer. Es war so riesengroß, überwältigend groß. So wie die Dinge lagen, fühlte sie sich klein und unbedeutend genug, da musste sie sich nicht auch noch diesem ungeheuren Anblick aussetzen, der sie noch mehr einschüchterte.

Der Ort, wo Kai ausgeschlüpft war, lag weit abseits von Dörfern oder Städten, aber das bedeutete nicht, dass die Gegend dauernd menschenleer war. Immer wieder machten Fischer dort Station, um mit ihren leichten Booten aus Bambus und Ziegenhäuten hinauszufahren. Ping wusste, dass sie sich von Menschen fernhalten musste. Wenn jemand Kai zu Gesicht bekam, würde sich die Kunde von dem Drachenjungen schnell von Dorf zu Dorf verbreiten, und das durfte nicht geschehen. Zwar war der Drachenjäger Diao tot, aber es gab noch genügend andere Leute, für die Drachen nichts weiter waren als Beute, die man teuer verkaufen konnte. Mit einem von ihnen hatte Ping bereits zu tun gehabt, einem Nekromanten. Er hatte sie und Danzi gefangen genommen und den Drachenstein geraubt. Er verfügte über unerklärliche Kräfte, die er ausschließlich zu bösen Zwecken nutzte; so konnte er, ähnlich wie der alte Drache, seine Gestalt verändern. Ping fühlte Stolz aufblitzen. Sie hatte es geschafft, ihn auszutricksen. Sie hatte ihm den Drachenstein wieder abgenommen und war ihm zusammen mit Danzi entkommen.

Selbst ein Drache, der noch so klein war wie Kai, war viel Gold wert und musste die Gier skrupelloser Verbrecher reizen. Und auch vor dem Kaiser und seinen Soldaten musste Ping sich in Acht nehmen. Sie hatte den letzten kaiserlichen Drachen aus der Gefangenschaft befreit, und wenn der Herrscher nun auch noch erführe, dass sie die Geburt des neuen Drachen vor ihm geheim gehalten hatte, würde er sehr zornig werden.

Die Sonne verschwand hinter einem Berg in der Ferne, es wurde Abend. Ein Gefühl von Einsamkeit beschlich Ping, wie immer, wenn sie an Liu Che dachte. Die beiden hatten lange Gespräche miteinander geführt. Liu Che war erst fünfzehn Jahre alt und hatte sich sehr gut mit Ping verstanden. Ping war Sklavin eines tyrannischen Herrn gewesen, der sie schlecht behandelt hatte, Liu Che war als überbehüteter Prinz in Luxus aufgewachsen, aber eines hatten sie doch gemeinsam: Beide hatten nie gleichaltrige Freunde gehabt.

Ping schöpfte etwas von der Fischsuppe in ihr Essschälchen. Sie musste sich strecken, um mit der Schöpfkelle den Suppentopf zu erreichen – sie konnte nicht aufstehen, weil der kleine Drache auf einem Zipfel ihres Kleids lag und sie ihn nicht im Schlaf stören wollte. Im Gegensatz zu anderen Gebrauchsgegenständen (etwa dem Wassereimer, den Ping selbst aus einem Stück Holz geschnitzt hatte) war die Kelle ein sehr elegantes Stück aus Bronze mit einem hübsch geschwungenen Stiel, der in einen Dra-

chenkopf auslief. Sie hatte ihn in dem Dorf erstanden, wo
sie auch die Ziege und ihren Vorrat an Getreide und Linsen gekauft hatte. Ein eiserner Schöpflöffel wäre billiger
gewesen, aber sie wusste, dass Drachen die Nähe von Eisen nicht vertrugen. Sie wurden krank davon, und wenn
Eisen ihre Haut berührte, verbrannte oder verätzte es sie.
Auch Pings Messer war deshalb aus Bronze.

Ping war froh, dass Kai schlief und sie eine Weile Ruhe
hatte vor seinem Quäken und seinen Krallen. Trotzdem
war der Abend die Tageszeit, die sie am wenigsten mochte, denn es war die Zeit, in der sie ihre Freunde am meisten
vermisste. Liu Che war nicht der einzige Freund, den sie
verloren hatte; noch vertrauter als er waren ihr Danzi und
die Ratte Hua gewesen, mit denen sie die gefahrvolle Reise vom Gebirge im Westen bis ans Meer unternommen
hatte. Danzi war ein wortkarger Drache, aber am gesprä-
chigsten war er immer an den Abenden gewesen. Andere
Leute fanden Ratten eklig, aber Hua war Ping ein echter
Freund geworden, der ihr mehr als einmal das Leben gerettet hatte. Bevor sie Hua kennengelernt hatte, war Ping
ganz allein gewesen. Sie hatte nie eine Familie gehabt; ihre
Eltern hatten sie als Sklavin verkauft, als sie noch ganz
klein gewesen war.

Und jetzt hatte sie gar keine Freunde mehr, die alten nicht
und den neuen auch nicht. Sie dachte an die Geräusche,
die der alte Drache von sich gegeben hatte. Sie waren ganz
anders gewesen als die des kleinen Kai. Sie veränderten
sich mit Danzis Stimmung – das melancholische Läuten
von Klangstäben, die vom Wind bewegt wurden, zeigte

an, dass er glücklich war, energisch schnelle Gongschläge signalisierten Ungeduld, sein Lachen hörte sich wie das Klingeln von Glöckchen an. Und dann war da noch diese sanfte Stimme, die in Pings Geist die metallischen Geräusche in Wörter übersetzt hatte. Als Kai noch in dem Drachenstein gewesen war, hatte sie ihn auch hören können – allerdings hatte er sich ihr nicht in Worten mitgeteilt, vielmehr hatte sie sozusagen unmittelbar Gefühle gehört: Traurigkeit, Glück, Angst. Diese Fähigkeit hatte sie eingebüßt, als Kai ausgeschlüpft war, sie war zusammen mit dem alten Drachen verschwunden. Ping wartete immer noch darauf, dass sich in ihrem Geist Worte bildeten so wie früher, wenn sie mit Danzi geredet hatte, aber sie wartete vergebens. Kai quakte und quäkte in allen Tonlagen, aber sie verstand nichts davon und konnte höchstens erraten, was er damit sagen wollte.

Ping spülte ihre Schale aus und goss aus einem kleinen Topf, der über dem Feuer stand, heißes Wasser ein – ihren kleinen Vorrat an Teeblättern hatte sie längst verbraucht. Ihre Gedanken wurden immer düsterer, je mehr sich der Himmel verdunkelte. Sie kämpfte mit aller Kraft dagegen an, sie wollte so gern glauben, Danzi und Hua seien glücklich und gesund, genesen von ihren Wunden und Altersgebrechen dank der magischen Kräfte des Heilwassers auf der Insel der Seligen. Aber so ganz überzeugt davon war sie nicht. In der ersten Zeit hatte sie oft noch stundenlang nach Osten geblickt in der Hoffnung, den alten Drachen auf sie zufliegen zu sehen, aber im Lauf der Monate hatte sie sich mehr und mehr damit abgefunden, dass er wohl nie zurückkommen würde. Sie war sich nicht einmal mehr sicher, dass die Insel der Seligen wirklich existierte.

Manchmal stiegen ihr Tränen in die Augen, wenn sie an Danzi dachte, bisweilen empfand sie auch Enttäuschung und Zorn. Sie war dem alten Drachen dankbar, weil er sie aus dem elenden Sklavendasein im Huangling-Palast herausgeholt hatte, er hatte sie Kräuterkunde gelehrt, ihr die Sternbilder erklärt, ihr beigebracht, diese besondere Kraft, die er Qi nannte, zu konzentrieren. Sie verdankte Danzi alles. Bevor er in ihr Leben getreten war, hatte sie nicht einmal ihren eigenen Namen gewusst.

Zugleich aber war sie wütend auf ihn. Auf ihrer gemeinsamen Reise zum Meer hatte er ihr Tag für Tag alle möglichen Dinge beigebracht, nur eines hatte er sie nicht gelehrt: wie man einen kleinen Drachen aufzog. Er hatte ihr nicht einmal verraten, dass der Drachenstein, den sie die ganze Zeit trug, ein Drachenei war. Statt ihr zu sagen, wie dieser Vogel oder jene Pflanze hieß oder wie sich Bären während der Paarungszeit verhalten, hätte er jede freie Minute nutzen sollen, ihr alles beizubringen, was er über Drachenkinderpflege und -erziehung wusste. Aber er hatte es bei ein paar knappen Ratschlägen bewenden lassen, bevor er sie und seinen Sohn verließ – für immer.

Ping wurde so wütend, wenn sie nur daran dachte. Er hatte gesagt, dass ein Drachenbaby Milch brauchte, und sie hatte von einem Hirten eine Ziege gekauft, deren Kitz gestorben war. Aber sie wusste nicht, wie viel Milch Kai jeden Tag brauchte. Ihr kam es so vor, als würde er, wenn sie ihn ließe, immer weitertrinken, bis er platzte. Danzi hatte auch gesagt, sie solle Kai später zusätzlich Insekten und dann kleine Vögel zu essen geben, aber wann genau und wie viele, das hatte er nicht gesagt. Sie hatte ihn mit Raupen und Libellen gefüttert, als er drei Monate alt war und ständig gequengelt hatte, woraus sie schloss, dass er hungrig war.

Ping fröstelte, das Feuer war heruntergebrannt. Es war inzwischen dunkel und das Wasser in ihrer Schale war längst kalt geworden. Die purpurnen Schuppen des schlafenden Drachen schimmerten schwach im Licht der Mondsichel. Ping trug ihn in die Höhle, wo sie einen Haufen trockenes Gras und Kiefernnadeln aufgeschüttet hatte. Dorthin bettete sie den Kleinen und legte sich dann auch hin. Kai schlief eng zusammengerollt, die Nase unter die Hintertatzen gesteckt, die Schwanzspitze ragte in der Mitte aus dem Knäuel heraus. Es sah wirklich so aus, als hätte ihn jemand zusammengeknotet. Er schmiegte sich enger an Ping, sodass seine Rückenstacheln sie piksten.

Immerhin schlummerte das Drachenbaby in aller Regel tief und fest und so hatte Ping wenigstens in den Nächten Ruhe. Trotzdem konnte sie oft lange nicht einschlafen. Nicht die sanften Schnarchgeräusche neben ihrem Ohr hielten sie wach, sondern die Gedanken, die wild in ihrem Kopf herumgingen. War der Tai Shan der richtige Ort für sie beide? Hätte sie nicht besser in der Nähe des Meeres bleiben sollen? Wie sollten sie durch den Winter kommen?

Schon den ganzen Vormittag regnete es, der Himmel war grau. Ping stand am Eingang der Höhle und sah zu, wie die Tropfen auf die Oberfläche des kleinen Sees platschten. Kai hatte nur ein paar Würmer gefrühstückt, er war immer noch hungrig. Es waren keine Anzeichen zu erkennen, dass es bald aufhören würde zu regnen, aber irgendwann musste Ping hinaus, um die Ziege zu melken. Sie zog die Nase kraus, ein übler Geruch hing in der Luft. Sie schnüffelte. Ein schwefliger Gestank wie von faulen Eiern und vergammeltem Fleisch – ein allzu vertrauter Geruch. Ping suchte die Höhle ab und fand in einer Ecke eine große dunkelgrüne Pfütze.

»Kai! Ich hab dir doch gesagt, du musst zum Pinkeln rausgehen. Auch wenn es regnet.«

Der kleine Drache ließ den Kopf hängen, seine Rückenstacheln legten sich flach, seine Schuppen nahmen die Farbe von trüben Pflaumensaft an.

»Du bist andauernd pitschnass vom Schwimmen im See, aber ein paar Regentropfen kannst du nicht ertragen!«

Kai verkroch sich kleinlaut in eine Ecke der Höhle und versteckte seinen Kopf unter den Vordertatzen.

»Jetzt musst du auf deine Milch so lange warten, bis ich sauber gemacht habe.«

Ping wischte den Drachenurin mit trockenem Moos auf, aber der Geruch hing weiter in der Luft.

Es war keine Wetterbesserung abzusehen. Die Ziege stand draußen im strömenden Regen. Ping hatte wenig Lust, auch so triefnass zu werden, darum holte sie das Tier in die Höhle. Sie legte ihre Wange an das feuchte Fell, während sie melkte. Die Ziege war ein braves Geschöpf, das nie Ärger machte und alle Plagen, die das Zusammenleben mit einem kleinen Drachen mit sich brachte, klaglos ertrug. Sie beschwerte sich nicht, wenn Kai um sie herumtollte und unter ihr durchflitzte oder überraschend hinter einem Felsen hervorsprang, um sie zu erschrecken. Und jeden Tag gab sie zuverlässig warme Milch.

Ping goss die frische Milch in einen Napf. Wie jeden Morgen machte sich der Drache gierig darüber her, als wäre er am Verhungern. Manchmal blieb ein bisschen Milch für Ping übrig, aber heute nicht: Kai leckte auch noch den letzten Tropfen auf.

Der Geruch der feuchten Ziege mischte sich mit dem Mief, der in der Höhle herrschte, trotzdem brachte Ping es nicht übers Herz, das Tier wieder in das garstige Wetter hinauszujagen. Ihre Nahrungsvorräte schwanden. Eigentlich hätte sie jetzt Nüsse und Beeren und Pilze für den Winter sammeln sollen, statt untätig hier herumzusitzen. Sie blickte hinaus durch den Regen. Die benachbarten Gipfel waren trübgrau, die dahinter bleichgrau, die in der Ferne verschwammen im Dunst und waren kaum mehr zu erkennen. Vielleicht konnte sie ja morgen Vorräte sammeln gehen.

Kai unterhielt sich, so gut es eben ging. Er buddelte ein Loch in dem Bett aus Kiefernnadeln und Heu. Er schaukelte am Schwanz der Ziege. Er jagte Käfer, erwischte aber nie einen. Das alles langweilte ihn bald, und da sonst nichts Interessantes geboten war in der Höhle, ging er zu Ping. Er kletterte auf ihren Schoss, drehte und wendete sich lange, wobei er sie mit seinen Krallen pikste, bis er schließlich eine bequeme Lage gefunden hatte. Aber er war nicht müde. Er kratzte sich hinter dem Ohr, kaute auf dem Strick herum, den Ping als Gürtel trug, schnüffelte begehrlich an ihrem Lederbeutel. Es wäre Ping vielleicht ganz angenehm gewesen, an so einem unfreundlichen Regentag eine Katze oder ein junges Hündchen auf dem Schoß zu haben, aber Drachen sind nun einmal keine sehr knuddeligen Wesen. Sie haben warmes Blut, dennoch fühlen sich ihre Schuppen kühl an, und Kai hatte jede Menge Stacheln am Leib, die Ping durch den Stoff ihres Kleids hindurch stachen.

Ping zündete kein Feuer an – die Luft in der Höhle war schon schlecht genug. Zu Mittag aß sie die Nüsse und Beeren, die sie am Tag zuvor gesammelt hatte. Kai bekam die Insekten, die noch in ihrem Beutel waren. Als er sie verzehrt hatte, winselte er empört, um Ping zu verstehen zu geben, dass er immer noch hungrig war. Sie beachtete ihn nicht, darum schnüffelte er wieder in der Höhle umher, bis er in einem Winkel eine große Motte entdeckte, die reglos in einer Felsspalte saß. Er streckte sich, er hüpfte hoch, um sie zu erreichen, immer wieder, aber es nützte alles nichts, sie war zu weit oben. Ping hätte aufstehen und sie ihm holen können, doch sie brachte nicht die nötige Energie auf; es war, als drückte die bleierne Schwere des Himmels sie nieder.

Es war kalt in der Höhle. Kais Atem verwandelte sich in Nebel. Wenn er Ping ärgern wollte, konnte er neblige Wölkchen erzeugen, die sich nicht wieder auflösten. Die

Höhle füllte sich mit feuchtem, weiß waberndem Dunst. Ping fror noch mehr.

Der warme Sommer hatte sie verwöhnt. Es war jetzt erst Herbst, aber Ping bibberte, als herrschte strenger Frost. Ihre Kleidung war schmuddelig und an mehreren Stellen geflickt, aber sie war doch sehr viel solider als der fadenscheinige dünne Kittel, den sie als Sklavin in Huangling getragen hatte. Damals hatte sie auch kein Ziegenfell besessen, mit dem sie sich nachts schön warm zudecken konnte. Sie hatte in einem zugigen Ochsenstall schlafen müssen und Lan, ihr Herr, hatte ihr verboten, Feuer zu machen. Bei dem Gedanken an diese Zeiten wurde ihr noch kälter. Sie brauchte unbedingt ein bisschen Wärme und beschloss, nun doch ein Feuer anzuzünden.

Sie ging hinaus in den Regen und sammelte in aller Eile einen Armvoll feuchtes Brennholz. Mit ihren Reibestöckchen und ein bisschen trockenem Gras brachte sie schnell eine Flamme zustande, doch das feuchte Holz wollte nicht brennen. Mit ihren Anstrengungen erreichte Ping nur, dass sich beißender Rauch ausbreitete.

Aus dem hinteren Teil der Höhle erklang ein metallisches Klirren. Kai hatte ihren kostbarsten Besitz entdeckt, den sie auf einem Absatz der Felsenwand aufbewahrte, wo er, wie sie gedacht hatte, vor der Neugier des kleinen Drachen sicher war. Erst jetzt wurde ihr so recht bewusst, wie schnell er in der letzten Zeit gewachsen war: Auf den Hinterbeinen stehend, wühlte er in ihren Sachen und warf sie von dem Absatz hinunter auf den Steinboden.

»Lass das, Kai!«, schrie sie. »Das gehört mir!«

Es war nichts dabei, was für ihn von Interesse war, nichts zu essen. Er schlich mit hängendem Schwanz davon und steckte seinen Kopf in den Haufen Kiefernnadeln. Ping verzichtete darauf, ihn noch weiter auszuschelten. Es hatte keinen Sinn, er nahm ja kaum Notiz davon, wenn sie mit ihm redete.

Sie sammelte die auf dem Boden verstreuten Sachen auf. Es waren wirklich wertvolle Dinge darunter, die sie von Freunden geschenkt bekommen hatte: der Bronzespiegel von Danzi und der Siegelstempel aus weißer Jade, den der Kaiser ihr überreicht hatte. In die rechteckige Bodenplatte waren Schriftzeichen eingraviert, der Knauf war zur Figur eines Drachen geschnitzt. Ping strich mit dem Finger über die kühle Jade. An einer Ecke war ein Splitter abgesprungen, als das Siegel auf den Höhlenboden gefallen war. Sie hob auch die Drachenschuppe und den Kamm auf, die Danzi ihr geschenkt hatte. Dann lagen da noch Gold- und Silbermünzen, ein Jadeanhänger, ein Kästchen mit Siegeltusche, eine aus einem Knochen gefertigte Nähnadel, roter Faden, einige Stückchen purpurner Eierschale – das war alles, was von dem Drachenstein übrig geblieben war – und ein großes zusammengefaltetes Blatt eines Baums. Und schließlich war da noch das viereckige Stück Bambusholz, auf dem ihr Name geschrieben stand. Ihre Eltern hatten es ihr mitgegeben. Einige dieser Besitztümer waren sehr kostbar, andere wertlos, aber Ping hielt sie alle hoch in Ehren.

Das Bambustäfelchen hatte sie immer um den Hals getragen, bis Kai vor ein paar Wochen die Schnur durchgebissen hatte. Sie nahm jetzt etwas von dem roten Seidenfaden, fädelte ihn durch die Öse des Täfelchens und hängte es sich wieder um.

Sie nahm das Jadesiegel in die eine und den Bronzespiegel in die andere Hand. Beide Gegenstände waren Insignien des Amts, das Ping innehatte, das der Drachenhüterin, aber sie standen für zwei ganz verschiedene Auffassungen dieses Amts.

Ping untersuchte den Spiegel, um festzustellen, ob er beschädigt worden war. Auf der Rückseite war das Bild eines Drachen eingraviert, der sich um einen rundlichen Buckel in der Mitte ringelte. Der Drache streckte eine Tatze nach dem Buckel aus wie nach irgendeiner Kostbarkeit, einer Perle etwa. Danzi hatte Ping, als er ihr den Spiegel überreichte, in sehr ernstem Ton darauf aufmerksam gemacht, dass sie eine lebenslange Verpflichtung ihm und seinen Erben gegenüber einginge, wenn sie das Amt der Drachenhüterin annähme. Kai war sein Sohn, sein einziger Erbe und vielleicht der letzte lebende Drache. Sie hatte den Spiegel freudigen Herzens und voller Stolz angenommen, aber ihr war damals nicht klar gewesen, welche Verantwortung damit verbunden war und dass sie sich für ein Leben in Einsamkeit entschieden hatte. Der Spiegel war von einem der wahren Drachenhüter Danzis zum nächsten weitergegeben worden, er war viele hundert Jahre alt. Ping war keineswegs sicher, dass sie dieser Ehre würdig war. Sie hatte den Drachen zuerst nur widerstrebend begleitet. Zu ihren Pflichten als Sklavin in der kaiserlichen Residenz Huangling hatte es gehört, den Drachen zu versorgen, der dort in Gefangenschaft lebte. Sie hatte eigentlich nicht vorgehabt, Danzi zur Flucht zu verhelfen, es hatte sich einfach so ergeben. Und letztlich konnte man sogar sagen, dass Danzi sie befreit hatte. Er hatte ihr die Aufgabe anvertraut, seinen Drachenstein zum Meer zu tragen. Sie musste lächeln, als sie daran dachte, welch schreckliche Angst sie davor gehabt hatte, Huangling zu verlassen, obwohl sie dort im bittersten Elend lebte. Ping drehte den Spiegel um. Die andere Seite war glänzend polierte Bronze – oder sollte es jedenfalls sein. Jetzt war sie schmutzig und es liefen getrocknete Schleimspuren von Schnecken kreuz und quer darüber hin. Sie steckte ihn in ihren Beutel. Wenn es zu regnen aufhörte, wollte sie ihn am See gründlich sauber machen.

Der Siegelstempel aus Jade war seit alters her das Amtssiegel des Kaiserlichen Drachenhüters, des Hofbeamten, der für die Drachen zuständig war, die dem Kaiser gehörten. Ping hätte das Siegel nie annehmen sollen. Danzi wäre lieber gestorben, als dass er sich wieder in Gefangenschaft begeben hätte.

Ein Knistern unterbrach sie in ihren Gedanken, sie schaute auf: Eine helle Flamme leckte an dem Holz in der Feuerstelle. Ping blies in die Glut und brachte ein prasselndes Feuer in Gang. Sie hängte einen Topf mit Wasser und einigen roten Beeren, die ihm ein angenehmes Aroma verliehen, darüber. Kai kam angetrottet; er warf ihr einen beleidigten Blick zu, gerade so, als hätte *sie* etwas angestellt, und nicht er. Dabei übersah er das Feuerholz, das im Weg lag, stolperte und fiel auf die Nase.

Ping lachte. »Und ich dachte immer, Drachen könnten ausgezeichnet sehen!« Sie konnte ihm nie lange böse sein.

Kai setzte sich ans Feuer. Im Licht der Flammen glitzerten seine Schuppen wie Amethyst. Er quäkte.

»Glaub ja nicht, es gäbe was zu futtern, nur weil da ein Topf über dem Feuer hängt. Bis zum Abendessen dauert es noch ein paar Stunden.«

Der kleine Drache quäkte weiter und ließ den Topf nicht aus den Augen.

»Ich weiß gar nicht, warum ich überhaupt mit dir rede. Du verstehst sowieso kein Wort.«

Ping hob mit einem Stock den Topf vom Feuer und goss Wasser in ihre Trinkschale. Kai maunzte.

»Das magst du doch gar nicht, das ist nur heißes Wasser«, sagte Ping.

Die Luft um den Drachen herum flirrte und flimmerte. Und plötzlich stand da, wo der kleine purpurne Drache gesessen hatte, ein zweiter Topf, der genauso aussah wie der, den Ping in der Hand hielt. Sie fuhr verblüfft zusammen, so heftig, dass etwas von dem heißen Wasser auf ihre Hand spritzte. Der zweite Topf gab ein quäkendes Geräusch von sich. Ping fragte sich, ob sie vielleicht dabei war, den Verstand zu verlieren – Leute, die zu lange allein leben, werden manchmal wunderlich. Oder konnte es sein, dass man Wahnvorstellungen bekam, wenn man immer nur Fisch aß? Ping nahm die Suppenkelle, um den sonderbaren Topf damit anzustupsen. Aber sie kam nicht dazu, denn wieder flirrte die Luft und Übelkeit überfiel Ping, während der Topf sich vor ihren Augen in eine

Schöpfkelle verwandelte, die wie die in ihrer Hand mit einem Drachenkopf verziert war und ihr überhaupt wie ein Ei dem anderen glich.

»Kai, bist du das?«

Das Gefühl von Übelkeit und Schwindel wallte noch heftiger auf, als sich die Schöpfkelle in einen grob geschnitzten Eimer und dann in einen kleinen Drachen verwandelte.

»Du kannst deine Gestalt ändern?«

Kai plinkerte mit seinen großen grünen Augen und maunzte.

»Das ist wirklich toll! Das hast du prima gemacht.«

Ping ging zur hinteren Wand der Höhle, pflückte die schlafende Motte aus der Felsspalte und trug sie, eingesperrt zwischen ihren Handflächen, zum Feuer. Sie hielt Kai das Insekt hin, das verzweifelt mit den Flügeln schlug.

»Du hast eine Belohnung verdient.«

Der Drache schnappte zu, so gierig, dass er nicht nur die Motte erwischte, sondern auch noch in Pings Fingerspitzen zwickte.

»Prima, Kai, brav.«

Sie ließ das Feuer den ganzen Tag über brennen. Gegen Abend hörte es auf zu regnen. Als Kai eingeschlafen war, nahm Ping die Schuppe des alten Drachen von dem Absatz der Höhlenwand und ging ins Freie. Der Mond war schon aufgegangen und am Himmel glitzerten Sterne. Bei Tageslicht sah die Drachenschuppe verblichen grau aus, im Schimmer des Mondes jedoch glänzte sie grünlich.

Ping fuhr mit dem Finger über die raue Oberfläche. Sie hätte so gern Danzi davon berichtet, dass Kai nun endlich doch echte Drachentalente zu entwickeln schien. Hoffnung flackerte in ihr auf. Wenn Kai seine Gestalt verändern konnte, eröffnete ihnen das die Möglichkeit, sich, ohne unliebsames Aufsehen zu erregen, unter Menschen zu bewegen. Sie konnten dann auf einen Markt gehen und die Lebensmittel kaufen, die sie brauchten, um über den Winter zu kommen. Und vielleicht würde Kai im Lauf der Zeit ja doch zu einem richtigen Drachen heranwachsen.

Aus dem Englischen von Peter Knecht

Der Drache mit den roten Augen

Ich denke oft an unseren Drachen.

Nie werde ich jenen Morgen im April vergessen, an dem ich ihn zum ersten Mal sah.

Mein Bruder und ich kamen in den Schweinestall. Wir wollten die kleinen Ferkel anschauen, die in der Nacht geboren worden waren.

Da lag die große Muttersau und im Stroh drängelten sich zehn Ferkelchen an sie. Ganz allein für sich in einer Ecke stand jedoch ein kleiner, schwächlicher grüner Drache mit bösen Augen.

»Was ist das denn?«, fragte mein Bruder.

Er war so erstaunt, dass er kaum sprechen konnte.

»Ich glaube, das ist ein Drache«, sagte ich. »Die Sau hat zehn Ferkel und einen Drachen bekommen.« Und so war es auch.

Wie es zugegangen war, wird man wohl nie erfahren. Ich glaube, die Muttersau war genauso erstaunt wie wir.

Besonders entzückt war sie von ihrem Drachenkind nicht, aber sie gewöhnte sich allmählich daran. Nur dass es sie jedes Mal biss, wenn es trinken wollte, daran gewöhnte sie sich nie. Das konnte sie so wenig leiden, dass sie sich schließlich weigerte, ihm etwas zu trinken zu geben.

Mein Bruder und ich mussten daher jeden Tag hinüber zum Schweinestall gehen, um dem Drachen Futter zu bringen.

Wir brachten ihm kleine Kerzenstummel, Schnüre, Korken und alles, was Drachen gern essen. Bestimmt wäre der Drache verhungert, wenn mein Bruder und ich nicht immer wieder mit unserem Korb zum Schweinestall gegangen wären.

Alle Ferkel grunzten vor Hunger, wenn wir die Tür zum Schweinestall öffneten, der Drache aber stand einfach ganz still da und starrte uns aus seinen roten Augen an.

Nicht einen Ton sagte er, doch wenn er fertig gegessen hatte, rülpste er jedes Mal ziemlich laut und dann machte er ein zufriedenes, rauschendes Geräusch, indem er mit dem Schwanz wedelte.

Wenn eins der Ferkel versuchte, einen von den Leckerbissen zu erwischen, wurde der Drache wütend und biss es ordentlich. Er war wirklich ein böser kleiner Drache.

Aber wir mochten ihn. Wir kratzten ihm oft den Rücken, und es sah jedes Mal aus, als ob er das gern hätte. Seine Augen glühten rot vor Glück und er stand mäuschenstill da und ließ sich kratzen.

Ich kann mich erinnern, dass er einmal in den Trog gefallen war, aus dem die Sau fraß. Wie es zuging, dass er dort landete, weiß ich nicht mehr, aber ich werde nie den Anblick vergessen, wie er da im Schweinetrog herumschwamm, so ruhig, so selbstsicher, so glücklich darüber, dass er schwimmen konnte.

Mein Bruder fischte ihn mit einem Stock heraus und stellte ihn zum Trocknen ins Stroh. Er schüttelte sich, dass die Kartoffelschalen nur so um ihn herumspritzten, und hinterher lachte er leise vor sich hin und starrte uns aus seinen roten Augen an.

Manchmal konnte er tagelang maulen, ohne dass man wusste, warum. Dann tat er so, als höre er nicht, wenn man ihn rief, stand einfach in einer Ecke und kaute Stroh und benahm sich überhaupt komisch. Wir wurden dann immer sehr böse auf ihn und beschlossen, ihm kein Futter mehr zu bringen.

»Hast du das gehört, du Dickkopf?«, sagte mein Bruder einmal zu ihm, als es wieder so weit war. »Du kriegst keinen einzigen Kerzenstummel mehr, pilutta, pilutta!« (Pilutta sagte man zu jener Zeit, das bedeutete ungefähr dasselbe wie ätsch!)

Aber stellt euch vor – da begann der kleine Drachen zu weinen. Helle Tränen kullerten aus seinen roten Augen und er tat uns leid.

»Nicht weinen«, sagte ich schnell. »Wir haben es nicht so gemeint – du kriegst so viele Tannenbaumkerzen, wie du nur essen kannst.«

Da hörte der kleine Drache auf zu weinen, lachte vor sich hin und wedelte mit dem Schwanz.

Jedes Jahr am zweiten Oktober denke ich an den Drachen meiner Kindheit. Denn an einem zweiten Oktober verschwand er. Die Sonne ging an jenem Tag vor vielen Jahren strahlend unter, der Himmel leuchtete in den wundervollsten Farben und ein leichter Nebel lag über den Wiesen. Es war einer von jenen Abenden, wo man sich nach

51

etwas sehnt, und man weiß nicht, wonach. Der kleine Drache, die Muttersau und ihre Ferkel waren auf die Wiese hinausgelassen worden, damit sie ein bisschen Bewegung bekamen. Mein Bruder und ich waren auch da, um zuzusehen.

Wir froren in der Abendluft, die kühl vom Nebel war. Wir hüpften auf und ab, um uns warm zu halten, und ich dachte: Jetzt geh ich bald ins Haus und leg mich in mein warmes Bett, und bevor ich einschlafe, lese ich noch ein Märchen. Gerade da kam der kleine Drache auf mich zu. Er legte mir die kalte Tatze auf die Backe und seine roten Augen waren voller Tränen. Und dann – nein, war das seltsam – flog er einfach fort. Wir hatten nicht gewusst, dass er fliegen konnte. Aber er hob sich geradewegs in die Lüfte und flog mitten hinein in den Sonnenuntergang. Schließlich sahen wir ihn nur noch als einen kleinen schwarzen Punkt in der feuerroten Sonne. Und wir hörten ihn singen. Er sang mit einer ganz reinen, hellen Stimme, während er flog. Ich glaube, er war glücklich.

An diesem Abend habe ich kein Märchen gelesen. Ich lag unter der Decke und weinte um unseren grünen Drachen mit den roten Augen.

Stan Bolovan und seine traurige Frau
Märchen aus Rumänien

Zu der Zeit, da diese Geschichte geschah – und sie ist geschehen, sonst wäre sie ja nicht aufgeschrieben worden –, stand am Rande eines Dorfes, zwischen Ochsenweiden und grasenden Schweinen, ein kleines Haus. In dem Haus lebte ein Mann. Der Mann hatte eine Frau, die war tagaus, tagein traurig.

»Liebe Frau«, fragte der Mann eines Morgens seine traurige Frau, »was fehlt dir nur, dass du immer deinen Kopf hängen lässt?«

»Ach, lass mich in Ruhe!«, sagte die Frau und weinte.

Ich hab sie zu ungelegener Zeit gefragt, dachte sich der Mann und ging an seine Arbeit.

Am nächsten Morgen fragte er wieder: »Liebe Frau, warum ziehst du ein Gesicht wie ein verregnetes Stiefmütterchen? Du hast doch alles, was du willst.«

»Ach, lass mich und frag nicht so viel«, sagte die Frau und brach in Tränen aus.

»Ich muss sie ein anderes Mal fragen«, sagte sich der Mann und ging an seine Arbeit.

Nach einigen Tagen aber fragte er wieder: »Was bedrückt dich nur so, dass du dreinblickst wie ein nass gewordenes Kätzchen? Kannst du denn gar nicht fröhlich sein?«

»Ach je, ach je!«, weinte die Frau, »warum lässt du die Dinge nicht, wie sie sind? Wenn ich dir meinen Kummer sagen würde, ginge es dir so schlecht wie mir. Also, lass mich in Ruhe und frag nicht mehr!«, und die Frau ging weinend fort.

Aber diese Antwort machte den Mann noch neugieriger. Er fragte seine Frau wieder und wieder nach der Ursache ihrer Trauer.

»Gut, gut«, sagte die Frau endlich, »so will ich dir's denn sagen: In unserem Haus ist kein Glück, nicht das kleinste bisschen Glück!«

»Ist unsere Kuh nicht die beste Milchkuh im ganzen Dorf? Tragen unsere Bäume nicht die schönsten Äpfel? Sind unsere Bienenkörbe nicht voll mit dem süßesten Honig? Du redest doch Unsinn, liebe Frau!«

»Ja, alles, was du sagst, ist wahr, lieber Mann – aber wir haben keine Kinder!«

Nun hatte Stan Bolovan, der Mann, verstanden. Die Augen gingen ihm auf. Und seit dem Tag lebten in dem kleinen Haus am Rande des Dorfes ein unglücklicher Mann und eine unglückliche Frau. Wenn aber die Frau das traurige Gesicht ihres Mannes sah, fühlte sie sich noch elender. Und so ging das nun weiter.

Nach einigen Wochen beschloss Stan Bolovan, einen Weisen Mann aufzusuchen und um Rat zu bitten. Der Weise Mann lebte eine Tagesreise vom Dorf entfernt. Stan kam vor sein Haus und der Weise Mann saß vor seiner

Haustür. »Du musst uns helfen, Weiser Mann! Meine Frau und ich sind so unglücklich, weil wir keine Kinder haben. Wir wollen Kinder haben, viele Kinder!«, sagte Stan. »Hast du dir das auch gut überlegt?«, fragte der Weise Mann. »Werden die Kinder dir keine Last sein? Bist du reich genug, sie zu kleiden und zu ernähren?«

»Ach, wenn wir nur Kinder hätten! Wir kämen schon irgendwie zurecht!«

»Geh getrost nach Hause«, sagte der Weise Mann und Stan Bolovan machte sich auf den Heimweg.

Am späten Abend kam Stan, müde und staubig, aber mit einem Funken Hoffnung im Herzen, in seinem Dorf an. Er ging auf sein Haus zu und vernahm schon von Weitem den Klang vieler Stimmen. Er ging näher und sah den ganzen Platz voller Kinder. Im Garten waren Kinder, der Hof war voller Kinder, aus jedem Fenster blickten Kinder. Stan kam es vor, als wären alle Kinder der Welt hier versammelt. Und keines der Kinder war größer als das andere, aber jedes schien noch kleiner zu sein, noch lauter, noch lustiger und noch wilder.

Stan stand da und starrte, und als ihm endlich dämmerte, dass das alles seine Kinder waren, packte ihn ein leises Entsetzen. »Du liebes bisschen! So viele Kinder! So viele . . .«, murmelte er fassungslos.

»Aber nicht eines zu viel!« Seine Frau lachte und eilte ihm, die Arme voller Kinder, entgegen. »Nun haben wir Glück im Haus, lieber Mann«, rief sie glücklich, »zweiundzwanzigfaches Glück, denn wir haben zweiundzwanzig Kinder!«

Aber nach ein paar Tagen hatten die Kinder alles aufgegessen, was es im Haus zu essen gab. Sie riefen: »Vater, wir haben Hunger, wir haben Hunger!« Stan Bolovan kratzte sich am Kopf und überlegte, was er machen sollte. Er dachte nicht: Wir haben zu viele Kinder, oh nein, sein Leben war viel fröhlicher geworden, seit sein Haus voll Kinder war, aber er musste doch seine Kleinen ernähren, wusste aber nicht, woher, mit was und wie. Die Kuh gab nicht genügend Milch, die Äpfel waren noch nicht reif und für den Honig war es noch zu früh im Jahr.

»Was meinst du, Frau«, sagte Stan. »Das Beste wird sein, ich gehe in die Welt hinaus und versuche, etwas zum Essen aufzutreiben.«

Für einen hungrigen Mann ist jede Straße lang. Stan Bolovan musste außerdem immer an seine zweiundzwanzig hungrigen Kinder denken. Er wanderte und wanderte und wanderte, bis er eines Nachts das Ende der Welt erreicht hatte, dort, wo auch das Unmögliche möglich ist. Und dort sah Stan eine kleine Schar von sieben Schafen, die sich von der Hauptherde abgetrennt hatte.

Stan kroch auf die sieben Schafe zu, wollte sie heimlich und leise nach Hause zu seinen Kindern treiben. Doch da hatte Stan sich geirrt. Es schlug gerade Mitternacht, als er ein Flügelrauschen hörte. Durch die Luft kam ein Drache geflogen, trieb einen Hammel, ein Schaf und ein Lamm und drei schöne fette Kühe von der Herde ab, nahm auch die Milch von siebenundsiebzig Schafen und schleppte alles mit sich fort. Der Schafhirte bat und jammerte flehentlich – umsonst, der Drache lachte meckernd und flog davon.

»Das ist wohl nicht der rechte Platz«, sagt sich Stan, »um Nahrung für meine Familie zu holen.«

»Nacht für Nacht kommt der Drache und jede Nacht holt er sich die schönsten Tiere aus meiner Herde«, klagte der Hirte. »Ach, was soll ich nur machen? Es ist doch aussichtslos, so ein riesiges Monster zu bekämpfen!«

»Ja«, sagte Stan, »gegen so einen mächtigen Drachen käme keiner an.«

Aber der Gedanke an seine armen Kinder gab ihm den Mut der Verzweifelten und er fragte den Hirten: »Was gibst du mir, wenn ich dich von dem Drachen befreie?«

»Ein Drittel meiner Hammel, ein Drittel meiner Schafe und ein Drittel meiner Lämmer«, antwortete der Hirte.

Das ist ein guter Handel, überlegte Stan, obwohl er sich nicht vorstellen konnte, wie er jemals eine so große Herde nach Hause bringen sollte, falls er wirklich den Drachen besiegen würde. »Aber das wird sich dann schon zeigen«, sagte er sich.

Der Tag verging. Es wurde wieder Nacht. Als es gen Mitternacht ging, überkam Stan ein so furchtbares Gefühl, wie er es noch nie zuvor erlebt hatte. Er hätte es nicht mit Worten beschreiben können und doch war dieses Gefühl so stark, dass seine Beine automatisch den kürzesten Weg nach Hause suchten, ohne den Drachen abzuwarten – aber da kamen Stan seine hungrigen Kinder wieder in den Sinn! »Er oder ich!«, rief Stan und stellte sich breitbeinig vor der Herde auf.

Flügelrauschen klang durch die Luft, der Drache schoss herab und Stan schrie: »Halt!«

»Wer bist du denn?«, rief der Drache und sah sich um.

»Ich bin Stan Bolovan! Der Steinbeißer! Der Schrecken der Nacht! Wenn du auch nur eines dieser Schafe berührst, schneide ich dir ein Kreuz in deinen Rücken!«

Als der Drache diese Worte vernahm, blieb er wie angewurzelt stehen. »Das ist ein gefährlicher Gegner«, sagte er sich. »Aber du müsstest mich erst bekämpfen«, sagte er mit ganz dünner Stimme. Wie viele Drachen war er gar nicht so tapfer, wenn man ihm so direkt kam.

»Ich soll dich bekämpfen?«, fragte Stan. »Weißt du denn nicht, dass ich dich mit einem einzigen Atemzug erschlagen könnte?«

Stan bückte sich rasch, packte einen der großen, runden Schafskäse, die zu seinen Füßen lagen, und fügte hinzu: »Geh, hol einen Stein wie diesen hier aus dem Fluss. Wir wollen keine Zeit vertrödeln und sehen, wer von uns beiden stärker ist.«

Der Drache tat, wie Stan befahl, und brachte einen runden Stein.

»Kannst du Buttermilch aus deinem Stein melken?«, fragte Stan.

Der Drache nahm den Stein in seine eine Klaue, drückte zu und der Stein zerbröselte zu feinstem Sand, aber keine Buttermilch floss heraus. »Natürlich kann ich das nicht«, sagte er halb ärgerlich, »niemand kann das!«

»Gut. Du kannst es nicht. Ich kann es wohl.« Stan presste den Käse, bis die Milch durch seine Finger tropfte.

Als der Drache das sah, dachte er, nun wird es höchste Zeit für mich, nach Hause zu fliegen.

Stan Bolovan aber stellte sich in seinen Weg und hielt ihn auf. »Wir haben da noch einiges zu besprechen«, sagte er. »Zum Beispiel würde ich gerne wissen, was du hier des Nachts verloren hast?«

Der arme Drache erschrak so sehr, dass er sich nicht von der Stelle zu rühren wagte; denn er befürchtete, Stan würde ihn mit einem einzigen Atemzug erschlagen.

»Hör zu«, sagte der Drache endlich, »wie ich sehe, bist du ein sehr geschickter junger Mann. Meine Mutter könnte einen wie dich nötig brauchen. Ich schlage vor, du trittst für drei Tage in ihren Dienst. Drei Drachentage sind so viel wie ein Jahr bei euch Menschen und sie würde dir für jeden Tag sieben Säcke voll Dukaten geben.«

Dreimal sieben Säcke voller Dukaten! Das war ein verlockendes Angebot, dem konnte Stan nicht widerstehen. Er verlor keine Worte, nickte dem Drachen zu, der nahm ihn auf seinen Rücken, und los ging's.

Es war ein weiter, weiter Weg. Als sie aber am Ziel ankamen, wartete die Mutter des Drachen schon und sie war so alt wie die Zeit. Schon von ferne sah Stan ihre Augen, sie leuchteten wie zwei Lampen. Sie öffneten die Haustür und Stan sah in der Mitte des Raumes einen riesigen Kessel Milch auf dem Feuer kochen. Als aber die alte Mutter ihren Sohn mit leeren Händen heimkommen sah, wurde sie furchtbar böse. Sie spuckte Feuer und Flammen aus ihren Nasenlöchern und der Drache sagte eilends zu Stan: »Bleib hier draußen und warte auf mich. Ich muss meiner Mutter erst alles erklären.«

Stan Bolovan jedoch bereute bereits bitter, sich auf so ein

gewagtes Abenteuer eingelassen zu haben. »Aber nun bin ich hier«, sagte er sich. »Daran lässt sich nun nichts mehr ändern. Ich muss nur einen klaren Kopf bewahren und keine Angst zeigen.«

»Höre, Mutter«, begann der Drache, sobald er mit seiner Mutter allein war, »ich habe einen Mann mitgebracht, vor dem ich mich sonst nicht hätte retten können. Er ist ein schrecklicher Kerl, er heißt der Steinbeißer und kann Buttermilch aus Steinen pressen!« Der Drache erzählte seiner Mutter die ganze Geschichte.

»Ach, überlass ihn nur mir«, rief die Mutter. »Mir ist noch nie ein Mann ungeschoren durch die Finger geschlüpft.« Stan musste also bleiben und in den Dienst der Alten treten.

Am nächsten Morgen schlug die Mutter Stan und dem Drachen vor, um die Wette zu werfen; denn sie konnte nicht glauben, dass ihr großer Sohn dem winzigen Stan unterlegen sein sollte. Sie brachte einen ungeheuren Knüppel, der war siebenmal mit Eisen umwickelt, und sagte: »Mal sehen, wer von euch beiden stärker ist.«

Der Drache packte den Knüppel, hob ihn wie eine Feder hoch, schwang ihn einige Male über seinem Kopf und warf ihn ohne Mühe drei Meilen weit. »Mach mir das nach, wenn du kannst!«, rief der Drache stolz und lief mit Stan zu dem Platz, an dem der Knüppel aufgeprallt war. Stan verspürte wieder dieses seltsame Gefühl in seinen Knochen. Und wenn alle meine zweiundzwanzig Kinder helfen würden, ich könnte den Knüppel nicht einmal hochheben, dachte er verzweifelt.

»Auf was wartetest du noch?«, fragte der Drache.

»Ich denke nur gerade, was für ein schöner Knüppel das ist und wie leid es mir tun wird, wenn ich zu stark werfe und du durch den Luftzug getötet wirst.«

»Ich werd schon auf mich aufpassen, mach dir deswegen keine Sorgen. Nimm den Knüppel und wirf ihn endlich!«, sagte der Drache.

»Überleg es dir gut, lass uns erst etwas zum Essen holen und ein letztes Mal beisammensitzen und fröhlich sein.«

Stan hatte so ruhig und überzeugend gesprochen, dass es dem Drachen doch ungemütlich wurde, obwohl er nicht so ganz seinen Worten glaubte. So gingen sie zurück ins Haus der Drachenmutter, suchten alles Essbare in Küche und Keller zusammen und begaben sich mit ihrem Proviant wieder zu dem Fleck, wo der Knüppel lag.

Stan saß ganz still da und betrachtete den Mond.

»Was machst du da?«, fragte der Drache.

»Ich warte, bis mir der Mond aus dem Weg geht.«

»Was meinst du damit? Ich verstehe dich nicht.«

»Siehst du denn nicht, dass der Mond direkt in meiner Schusslinie liegt? Aber bitte, wenn du willst, kann ich den Knüppel natürlich auch auf den Mond werfen. Ich dachte nur, es wäre schade um ihn.«

Da wurde es dem Drachen noch unheimlicher und auch um den Knüppel tat es ihm leid. Er war eine feine, alte Waffe. Sein Großvater hatte ihn seinerzeit dem Drachen vererbt und er wollte nicht, dass der Knüppel auf dem Mond verloren ginge. »Weißt du was«, sagte der Drache, nachdem er ein bisschen nachgedacht hatte, »du solltest den Knüppel gar nicht werfen! Ich will ihn an deiner Stelle ein zweites Mal werfen. Zweimal geworfen ist zweimal geworfen und die Mutter wird es gar nicht merken.«

»Nein, das geht nicht!«, antwortete Stan. »Warte nur so lange, bis der Mond untergeht.«

Doch der Drache bat und bettelte hartnäckig und bot Stan am Ende sieben Säcke mit Dukaten an, wenn Stan ihn nur werfen ließe. Und Stan erklärte sich schließlich in seiner Gutmütigkeit einverstanden. Der Drache warf den Knüppel und Stan hatte, ohne einen Finger zu rühren, sieben Säcke Dukaten gewonnen.

»Oje, Mutter, das ist wirklich ein sehr starker Mann«, sagte der Drache, als er wieder nach Hause kam. »Kannst du dir vorstellen, dass es mich die größte Mühe kostete, ihn davon abzuhalten, den Knüppel auf den Mond zu werfen?«

Nun wurde es der alten Drachenmutter auch ungemütlich. Allein der Gedanke! Es ist schließlich keine Kleinigkeit, Dinge auf den Mond zu werfen! Kein Wort mehr wurde über den Knüppel verloren und am nächsten Tag hatten alle ganz andere Sorgen. »Geht und holt mir Wasser«, sagte die Mutter beim Morgengrauen und gab ihnen zwölf zu Schläuchen genähte Büffelhäute mit auf den Weg.

Stan und der Drache gingen zum Bach. Schneller als ein Wimpernzucken, da hatte der Drache die zwölf Büffelhäute gefüllt, trug sie zum Haus, leerte sie dort aus und brachte sie Stan zurück.

Stan fühlte sich müde und niedergeschlagen. Er konnte

kaum die zwölf leeren Schläuche heben und ihn schauderte bei dem Gedanken, wie unbeschreiblich schwer sie erst sein mussten, wenn sie voll Wasser wären. Doch er ließ sich nichts anmerken, zog ein altes Messer aus seiner Tasche und begann, die Erde am Bach entlang auszuheben.

»Was machst du denn da? Wie willst du denn das Wasser nach Hause bringen?«, fragte der Drache.

»Wie? Du liebes bisschen! Das ist doch ganz einfach! Ich werde den ganzen Bach mitnehmen.«

Als der Drache das hörte, blieb ihm vor Schreck das Maul offen stehen und die Augen fielen ihm beinahe aus dem Kopf. So ein Gedanke war ihm noch nie gekommen. Schließlich war der Bach schon seit Großvaters Zeiten an der Stelle und niemand hatte je seinen Lauf verändert.

»Ich will dir was sagen«, rief er, »lass den Bach, wo er ist, und lass mich die Schläuche für dich tragen.«

»Kommt gar nicht infrage!«, erwiderte Stan und grub weiter.

Der Drache, der ernsthaft befürchtete, Stan könnte seine Drohung wahrmachen, verlegte sich wieder aufs Betteln und Bitten und versprach Stan schließlich sieben Säcke Dukaten – und Stan zeigte sich großmütig und ließ den Drachen die Schläuche tragen.

Der dritte Tag brach an und die alte Drachenmutter schickte Stan nach Feuerholz in den Wald. Der Drache begleitete ihn wie üblich. Stan hätte kaum bis drei zählen können – da hatte der Drache schon mehr Bäume ausgerissen, als ein Holzfäller in einem ganzen Leben schlagen könnte. Und wieder überkam Stan dieses ohnmächtige Gefühl. Der Drache legte die Bäume zu einem ordentlichen Haufen zusammen, Stan aber sah sich nach dem größten Baum im Wald um. Er kletterte hinauf, brach eine lange, starke Liane ab, band sie am höchsten Ast fest. Er kletterte auf den nächsten Baum, band auch dort die Liane fest und fuhr so mit einer ganzen Reihe von Bäumen fort.

Der Drache sah ihm erstaunt zu und fragte endlich: »Was tust du denn da?«

»Das siehst du doch«, antwortete Stan und arbeitete ruhig und gelassen weiter.

»Aber warum bindest du denn die Bäume aneinander?«

»Um überflüssige Arbeit zu vermeiden. Wenn ich an einem ziehe, reißen alle anderen aus.«

»Aber wie willst du sie nach Hause tragen?«

»Ei, jei, jei! Muss man dir alles erklären? Ich werde den ganzen Wald nach Hause tragen. Verstehst du jetzt?«

»Ich will dir was sagen«, rief der Drache und zitterte bei dem Gedanken über so eine ungeheuerliche Tat. »Lass mich ein paar Baumstämme für dich heimbringen und ich will dir auch gerne sieben Säcke Dukaten geben.«

»Du bist ein lieber Kerl«, sagte Stan freundlich. »Ich kann dir einfach keine Bitte ausschlagen.«

Der Drache trug das Holz für Stan und war auch noch dankbar dafür.

Nun waren die drei Tage Dienst, die so lange wie ein Jahr in einem Menschenleben dauern, vergangen. Stan hatte nur noch eine Sorge, wie er jemals die Dukaten zurück nach Hause schleppen könnte; denn da hatte sich bereits ein ganz schöner Haufen angesammelt.

Am Abend des dritten Tages hatten der Drache und seine alte Mutter eine lange Unterredung. Stan jedoch hörte jedes Wort durch eine Spalte in der Mauer.

»Weh uns, Mutter«, sagte der Drache, »dieser Mann wird uns bald in seiner Macht haben. Gib ihm gleich morgen früh sein Geld wie ausgemacht und schick ihn fort!«

Die alte Drachenmutter aber liebte ihre Dukaten viel zu sehr und hielt nichts von dem Vorschlag. »Hör zu, Sohn«, sagte sie, »du musst ihn noch heute Nacht umbringen.«

»Nein, Mutter, nein«, rief der Drache erschrocken. »Ich habe Angst vor ihm!«

»Ach was. Dazu hast du gar keinen Grund«, erwiderte die Mutter. »Warte, bis er schläft, und dann nimm deinen Knüppel und hau ihm auf den Kopf. So einfach geht das.«

Und so einfach wäre es wohl auch gegangen, hätte Stan durch die Mauerspalte nicht jedes Wort vernommen.

Sobald der Drache und seine Mutter die Lichter gelöscht und sich ins Bett gelegt hatten, schlich sich Stan vor die Tür und holte den Schweinetrog. Er legte ihn mit der Unterseite nach oben in sein Bett und bedeckte ihn mit seinen Kleidern. Dann kroch er unter sein Bett und begann, laut und vernehmlich zu schnarchen.

Bald darauf kam der Drache auf Klauenspitzen in sein Zimmer getappt und schlug mit aller Kraft auf das obere Ende des Schweinetrogs. Stan unterm Bett stöhnte schmerzlich auf und der Drache tappte so leise, wie er gekommen war, wieder hinaus.

Stan wartete noch ein Weilchen, lupfte den zersplitterten Trog aus seinem Bett und trug ihn an seinen Platz zurück. Er schüttelte sein Bettzeug aus, machte alles wieder ordentlich und legte sich in sein Bett zurück. Doch für den Rest der Nacht machte Stan wohlweislich kein Auge zu.

Der Morgen kam, der Drache und seine Mutter saßen am Tisch und frühstückten und Stan trat gähnend ein. »Guten Morgen«, sagte Stan.

»Guten Morgen. Wie hast du geschlafen?«

»Danke, sehr gut. Aber mir träumte, eine Fliege hätte mich gebissen, und ich spüre ihren Stich noch immer!«, sagte Stan und kratzte sich am Kopf.

Der Drache und seine Mutter blickten sich bleich und stumm an. »Hast du das gehört?«, flüsterte der Drache. »Er spricht von einem Fliegenstich und ich hab meinen schönen Knüppel auf seinem Kopf zerbrochen!«

Nun wurde auch der Mutter angst und bange. Einem so mächtigen Mann bin selbst ich nicht gewachsen, dachte sie und füllte in aller Eile die Säcke voll Dukaten, um Stan nur ja schnell loszuwerden.

Stan verspürte wieder das seltsame Gefühl und zitterte wie Espenlaub; denn er hätte nicht einmal einen der Säcke zu lupfen vermocht. So blieb er stocksteif vor den gefüllten Säcken stehen und rührte sich nicht.

»Was stehst du noch da?«, fragte der Drache. »Nun hast du doch deinen Lohn.«

»Oh, ich überlegte nur gerade. Ich habe beschlossen, bei euch zu bleiben. Mit den paar Beutelchen könnte ich mich daheim doch nicht blicken lassen. Die Leute würden mich ja auslachen und rufen: ›Schaut nur den Stan Bolovan, den Steinbeißer, den Schrecken der Nacht! Er ist in einem Jahr so schwach wie ein Drache geworden!‹ Also werde ich euch ein weiteres Jahr dienen.«

Mit einem Schrei der Bestürzung fuhren der Drache und seine Mutter in die Höhe. »Wenn's daran liegt – wir wollen dir mehr geben, wir wollen dir siebenmal, nein siebenmal sieben so viele Säcke mit Dukaten geben, wenn du nur gehst!«

»Ich will euch einen Vorschlag machen«, sagte Stan schließlich. »Mir scheint, ihr mögt mich nicht länger behalten, obwohl ich euch doch alle schwere Arbeit abgenommen habe. Aber ihr wisst ja, ich mache mich nicht gern unbeliebt. Ich werde mich also sofort auf den Heimweg machen – unter einer Bedingung allerdings: Der Drache soll mich begleiten und die paar Säcke tragen, damit ich mich vor meinen Freunden nicht schämen muss.«

Stan hatte kaum seine Bedingung genannt, da schnappte der Drache auch schon die Säcke und lud sie auf seinen Rücken. »Wir können gehen«, rief er und verließ mit Stan das Haus.

Der Weg war weit – für Stan wenigstens schien er kein Ende zu nehmen. Doch zu guter Letzt hörte er die Stimmen seiner Kinder und hielt an. Er wollte nicht, dass der Drache sah, wo er wohnte, und dann vielleicht eines Tages zurückkäme, um seine Dukaten zu holen. Stan überlegte, wie er den Drachen loswerden könnte.

Plötzlich kam ihm eine Idee.

»Ich weiß nicht, was wir machen sollen«, sagte er zu dem

Drachen. »Ich habe nämlich zweiundzwanzig Kinder und nun fürchte ich, sie könnten dir etwas antun. Sie sind sehr angriffslustig und essen außerdem für ihr Leben gerne Drachenfleisch. Aber hab keine Angst. Ich werde versuchen, dich zu beschützen!«

Zweiundzwanzig Kinder!, dachte der Drache, das ist ja furchtbar!

Er ließ vor Schreck die Säcke fallen.

Aber die Kinder hatten den Vater und den Drachen schon gesehen. Da sie gerade beim Mittagessen saßen, liefen sie alle, in der rechten Hand das Messer und in der linken Hand ihre Gabel schwingend, auf den Vater zu und riefen: »Vater, Vater! Hast du uns was zum Essen gebracht? Wir haben Hunger!« Sie hatten in der Zwischenzeit, seit der Vater losgezogen war, nur Kartoffeln, Löwenzahn und wilde Beeren zum Essen bekommen.

Der Drache aber floh bei dem Anblick der zweiundzwanzig messer- und gabelschwingenden Kinder, so schnell ihn seine Flügel trugen. Er war heilfroh, der Drache, noch einmal mit dem nackten Leben davongekommen zu sein, und getraute sich seit jenem Tag nie wieder unter die Menschen.

Stan Bolovan und seine Frau und seine zweiundzwanzig Kinder aber waren glücklich und froh und hatten immer genug zu essen.

CHRISTOPH MARZI

Des Salamanders tiefster Seufzer

Drachen«, sagte meine Großmutter, »sind nicht böse. Drachen haben ein Herz aus Stein. Das ist ein Unterschied.« Sie sah mich an, als wolle sie sich vergewissern, dass ich ihren Worten auch Glauben schenkte.

»Aber alle sagen, dass Drachen böse sind!«

»Wer denn?«

»Alle.«

»Alle?«

»Die anderen Kinder.«

Sie lächelte gütig, wie nur eine Großmutter es tun kann.

»Manchmal«, flüsterte sie, »tun Drachen Dinge, die das steinerne Herz in ihnen zum Seufzen bringt.«

»Und wenn es seufzt?«

»Dann wird alles wieder gut«, antwortete sie und rückte sich die Brille zurecht. »Ja, mein Junge, dann wird alles wieder gut.«

Serafina, das Mädchen aus der Nachbarschaft, verschwand an einem Herbsttag. Die Blätter wirbelten bunt und durcheinander in den Straßen und der Wind roch nach dem Winter, der sich noch immer in den schweren grauen Wolken und hinter den warmen Sonnenstrahlen verborgen hielt. In den Grachten von Amsterdam schwammen die Blätter inmitten der Wolken, und wenn ein Schiff seines Weges fuhr, dann kräuselte sich das Wasser und die Blätter und Wolken wurden zu Bildern, die tiefer und schöner waren als alles, was die alten Maler jemals auf die Leinwand gezaubert hatten.

Serafina mochte den Herbst. Sie mochte die bunten Blätter und die grauen Wolken und den Wind, der nach dem Winter roch.

Und ich mochte Serafina. Als sie verschwand, da konnte ich zum ersten Mal in meinem Leben die Drachen verstehen. Denn als sie verschwand, da wurde mein Herz zu Stein.

»Kommst du mit?«, hatte sie mich an jenem Tag gefragt.

»Wohin?«

Wir waren uns bei der Brücke, die über die Leidsegracht führt, über den Weg gelaufen.

»Es gibt einen Jahrmarkt, drüben im Oosterpark. Sogar mit Riesenrad.«

»Ich weiß nicht recht . . .«

Sie hatte mich angesehen mit ihren Serafina-Augen. »Es ist ein schöner Tag. Wir hätten Spaß!«

»Ich habe noch Besorgungen zu erledigen.« Wie dumm das klang!

Serafina van der Waay lebte gleich neben uns, in einem roten schmalen Haus in der Keizersgracht. Ihr Vater war Klavierbauer und besaß eine kleine Musikalienhandlung am Toorensteg.

»Sie ist kein Umgang für dich.« Das sagte mein Vater immer, wenn ich zu Hause von Serafina erzählte.

»Warum?«

»Sie ist reich und du bist es nicht. Eine Frau will einen Mann, der für sie sorgen kann.«

»Ich bin noch ein Kind.«

»Du bist in sie verliebt. Du wirst noch immer in sie verliebt sein, wenn du ein Mann bist. Der Tag wird kommen und dann wirst du unglücklich sein, weil sie nichts von dir wissen will.« Mein Vater warf mir einen ernsten Blick zu. »Sei auf der Hut, Jan Holthuysen. Mit der Liebe ist nicht zu spaßen.«

In der Tat fiel es mir schwer zu glauben, dass ich für Serafina mehr sein konnte als nur ein Hausmeisterjunge aus Nummer 365. Dennoch – sie schenkte mir immer ein Lächeln, wenn sie das Geländer der Außentreppe hinabrutschte. Und oft saßen wir gemeinsam auf der untersten Stufe der Treppe, sahen den Passanten hinterher und malten uns aus, wie die Welt wohl sein würde, wenn wir älter wären.

An jenem Tag, als Serafina vorschlug, zum Riesenrad zu gehen, war sie zehn Jahre alt. Ich war neun. Mit ihr zu kommen, traute ich mich nicht.

Dann verschwand Serafina und niemand konnte sie mehr finden.

»Du machst dir Gedanken darüber, was aus Serafina geworden ist«, sagte meine Großmutter. Großmutter Elli wohnte in der Wilhelmina Straat und ich besuchte sie oft dort. Wir saßen dann in ihrem Wohnzimmer, tranken Tee und blickten auf den Kanal vor ihrem Fenster. Großmutter wusste immer, wie es mir ging.

Es war der erste Sommer ohne Serafina.

»Sie fehlt mir«, sagte ich.

»Ich weiß.«

»Papa sagt, sie sei nicht gut für mich gewesen.«

Großmutter seufzte. »Er ist ein Erwachsener, was weiß er schon?«

»Du bist auch erwachsen.«

»Ich bin so alt, dass ich mich an die Dinge, die ich als Erwachsene vergessen habe, schon wieder erinnern kann. Alte Menschen können so etwas, Jan.«

»Ich kann manchmal nicht schlafen, weil ich mich frage, was mit Serafina geschehen ist.«

Ich war davon überzeugt, dass ihr etwas Schlimmes zugestoßen war – wie jeder in unserem Viertel. Aber es war etwas, worüber man nicht laut sprach, aus Angst, das Böse heraufzubeschwören.

Die alten Augen meiner Großmutter wurden ernst. »Es gibt schlechte Menschen, gewiss. Aber dort draußen – in den Grachten –, da gibt es noch etwas anderes. Wesen, die nicht so sind wie wir, obwohl sie mitten unter uns leben.« Sie beugte sich vor und senkte ihre Stimme zu einem Flüstern. »Drachen.«

»Drachen?« Meinte sie das ernst?

Großmutter setzte sich an den kleinen Tisch am Fenster und starrte auf den Kanal hinaus.

»Als ich ein kleines Mädchen war und noch in Scheveningen lebte, da erzählten sich die Menschen Geschichten.«

Ich versuchte, mir Großmutter als junges Mädchen vorzustellen. Die Fotografien kannte ich. Sie standen in der
Küche, oben auf dem Regal. »Geschichten, Jan, sind
wichtig. Denn sie sind immer wahr. Für den, der sie erzählt. Und für den, der aufmerksam zuhört.«

»Was war das für eine Geschichte?«

Sie lächelte. »Du hast die richtige Frage gestellt, mein Junge.« Sie nippte an ihrem Tee. »Wenn man eine Geschichte
wirklich hören will, dann muss man darum bitten, dass sie
einem erzählt wird.«

»Hat sie etwas mit Serafinas Verschwinden zu tun?«

»Vielleicht.« Die alten Augen blickten in die Ferne. »Eine
Geschichte kann für jeden Menschen etwas anderes be-
deuten.«

Ich schwieg.

Das Feuer prasselte im Kamin.

Und Großmutter begann zu erzählen: »Es war einmal eine junge Frau, die hieß Grit. Sie lebte mit ihrem Mann und
ihren neugeborenen Sohn nahe der Nieuwe Kerk. An einem Sommernachmittag, als die Sonne brannte, ging Grit
zum Kanal, um Kleider zu waschen. Damals hat man das
noch in den Kanälen getan.«

»Wann ist das gewesen?«

»Vor über dreihundert Jahren.«

»Was passierte mit Grit?«

»Sie stand dort am Wasser, als eine Klauenhand nach ihr
griff und sie mit sich in die Tiefe zog.«

Großmutter blickte auf den Kanal vor dem Fenster, als erwarte sie, ein gewaltiges Wesen aus dem spiegelglatten

Wasser emporsteigen zu sehen. »Die Klauenhand gehörte einem Wesen namens Drac«, fuhr sie fort. »Grit versuchte natürlich, sich zu wehren. Sie schnappte nach Luft und schlug um sich – doch vergebens. Über ihr verblassten langsam die Strahlen der Sonne und sie sah Fische, die an ihr vorbeischnellten. Endlich verlor sie das Bewusstsein und die Welt wurde schwarz. Als sie die Augen wieder öffnete, da befand sie sich in einem Haus, tief unten im Kanal, mit Wänden aus Wasser und Vorhängen aus grünen Pflanzen, die sachte in der Strömung wehten.

Und sie sah, wer sie gefangen hatte.

Ein Drache war es. Groß und schimmernd saß er vor ihr und seine grünen Augen, die wie Smaragde waren, schlugen sie in ihren Bann. Augenblicklich vergaß sie ihren Mann und ihren Sohn. Das Leben, das sie bis vor wenigen Stunden noch gelebt hatte, wurde zu einer Erinnerung, die ihr durch die Finger rann wie ein Traum im Moment des Erwachens.«

»Warum hat er das getan?«

»Der Drache?«

Ich nickte.

»Er brauchte sie«, sagte sie schlicht.

»Aber was war mit Grits Mann? Und mit ihrem Sohn? Hatte der Drache denn gar kein Mitleid?«

Großmutter Elli schüttelte den Kopf. »Nein. Mitleid hatte er nicht. Denn eins musst du wissen, Jan. Drachen haben ein Herz aus Stein.«

Sie schwieg einen Moment lang und sah nachdenklich auf den Kanal vor dem Fenster. »Der Drache machte Grit tief unten in der Gracht zu seiner Sklavin. Sie schlief, wenn der Drac es ihr erlaubte, und aß, wenn er ihr zu essen gab. Tagaus, tagein musste sie sich um den Sohn des Drachen kümmern, der seine Mutter verloren hatte.«

»Und an ihren eigenen Sohn – hat sie sich wirklich nicht mehr erinnert?« Ich hielt den Atem an.

Elli schüttelte den Kopf. »Drachenmagie ist zu mächtig für uns Menschen«, sagte sie. »Wenn Grit allein war, saß sie vor der Wand aus Wasser und schaute den Fischen und Krebsen zu und all den anderen Wesen, deren Heimat die kalten Tiefen waren. Sie dachte nicht an das, was früher war, und schon bald war die Welt der Drachen ihre Heimat.«

»Und dann?«

»Als der Drachenjunge heranwuchs und keine Amme mehr brauchte, da hatte der Drac keine Verwendung mehr für die arme Grit.«

Ich hielt den Atem an. »Hat er sie getötet?«

Wieder schüttelte meine Großmutter den Kopf. »Drachen«, sagte sie, »sind nicht böse. Drachen haben ein Herz aus Stein. Das ist ein Unterschied.« Sie sah mich an, als wolle sie sich vergewissern, dass ich ihren Worten auch Glauben schenkte.

»Aber alle sagen, dass Drachen böse sind!«

»Wer denn?«

»Alle.«

»Alle?«

»Die anderen Kinder.«

Sie lächelte gütig, wie nur eine Großmutter es tun kann.

»Manchmal«, flüsterte sie, »tun Drachen Dinge, die das steinerne Herz in ihnen zum Seufzen bringt.«

»Und wenn es seufzt?«

»Dann wird alles wieder gut«, antwortete sie und rückte ihre Brille zurecht. »Ja, mein Junge, dann wird alles wieder gut.«

Sie griff nach meiner Hand.

»Ist auch für Grit alles wieder gut geworden?«

Großmutter wiegte den Kopf. »Drac tötete sie nicht. Er beschloss, sie freizulassen. Denn wie jeder Drache sehnte er sich danach, sein Herz zum Seufzen zu bringen. Nachdem er sie in tiefen Schlaf versetzt hatte, trug er sie hinauf ans Tageslicht und legte sie dort nieder, wo er sie einst gefunden hatte.«

»Was geschah dann?«

»Grit erwachte und ging nach Hause zurück. Es war ein herrlicher Sommertag und die Sonne glitzerte auf den Kanälen. Bald kam sie zu dem Haus, in dem sie gemeinsam mit ihrem Geliebten gewohnt hatte. Der Mann, der ihr öffnete, sah noch immer so aus wie der Mann, den sie damals verlassen hatte. Er starrte sie an und sie sah, dass er sie nicht erkannte. Doch dann trat ein alter Mann in die Tür und er streckte seine Hand nach ihr aus. Grit hatte keine Ahnung, wer das sein sollte.

Der alte Mann sagte: ›Grit‹, und lächelte, als ob er sein ganzes Leben auf diesen Moment gewartet hätte.

Doch Grit kümmerte sich nicht um den Alten. Stattdessen stellte sie den Mann, den sie als ihren Gemahl erkannt hatte, zur Rede.« Großmutter sah mich eindringlich an.

»Und sie musste erkennen, dass der junge Mann gar nicht ihr Ehemann war. Es war ihr Sohn, der jetzt im gleichen Alter war wie damals ihr Gemahl, als der Drac sie entführt hatte. So viele Jahre hatte sie unten in der Tiefe zugebracht.«

Schreiend lief sie davon. Sie rannte durch die Gassen und Straßen, bis sie wieder bei der Gracht angekommen war. Sie sah ihr Spiegelbild im Wasser und erkannte, dass sie eine alte Frau geworden war.

»Was ist mit ihr passiert?«

Großmutter seufzte. »Sie wollte ihren Mann niemals wiedersehen, obwohl er sie nach all den Jahren noch genauso liebte wie früher. Auch ihren Sohn mied sie. Sie hatte Angst, dass ihre Familie sie an all die Zeit erinnern würde, die sie verloren hatte.«

Wir schwiegen einen Moment lang. Ich versuchte mir vorzustellen, wie es Grit ergangen sein mochte. »Sie lebte noch lange«, beendete Großmutter die Geschichte. »Drüben bei der Nieuwe Kerk hat sie gewohnt, gar nicht weit entfernt von ihrem früheren Zuhause. Die Menschen hielten sie für verrückt. Sie erzählte Geschichten von einem Drachen, doch niemand schenkte ihr Glauben.«

»Das ist keine schöne Geschichte«, sagte ich.

»Muss sie das sein?«

»Ich weiß nicht, ob ich sie verstanden habe«, sagte ich. »Du hast doch gesagt, dass alles wieder gut wird, wenn das Herz eines Drachen seufzt. Aber für die arme Grit ist nichts wieder gut geworden.«

Großmutter Elli nickte. »Du hast recht. Glaubst du, Grit

hat es geschafft, das Herz des Drachen zum Seufzen zu bringen?«

Wieder schwiegen wir und ich musste an Serafina denken. Großmutter schien zu wissen, was in mir vorging. Sie griff meine Hand. »Träumst du manchmal von ihr?«

Ich nickte.

»Oft?«

»Jede Nacht.«

Sie schwieg.

»Du hast sie wirklich gemocht.« Es war keine Frage.

»Ich vermisse sie.« An die dunkle Gracht musste ich denken und an den Drachen aus der Geschichte. Daran, dass Großmutter sich immer etwas geheimnisvoll ausdrückte, und daran, dass vielleicht wieder alles gut werden würde.

Serafina van der Waay blieb verschollen. Die Polizei suchte die Grachten mit langen Stäben ab und es wurden sogar Froschmänner eingesetzt, die in den trüben Fluten tauchten. In den Zeitungen wurde über den Fall berichtet, an den Laternen hatten Serafinas Eltern bunte Blätter mit Serafinas Foto und einer Telefonnummer befestigt.

Der Herbst, der immer eine schöne Jahreszeit gewesen war, ging vorbei und in den Herbsttagen der Jahre, die noch kamen, sah ich Serafinas Gesicht in den Wolken und hörte ihre Stimme im Rauschen der Blätter. Der Herbst war nie wieder schön, denn Serafina war nicht da.

Meine Großmutter starb zwei Jahre nach Serafinas Verschwinden und die Welt begann sich schneller und schneller zu drehen. Die Musikalienhandlung verschwand, als Serafinas Eltern die Stadt verließen. Ich wurde älter, besuchte eine neue Schule.

Bäume verloren Blätter und wurden wieder grün.

Das Leben ging weiter, auch ohne Serafina. Das war eigentlich das Traurigste daran.

Ich träumte immer noch von ihr. In den Träumen ging ich mit ihr zum Jahrmarkt. Wir fuhren mit dem Riesenrad und sie erzählte mir Geschichten und hörte mir zu, wenn ich ihr Geschichten erzählte. In den Träumen sagte ich ihr lauter nette Dinge, und sie lächelte, und die Sonne, hoch oben am Himmel, schien in den Träumen viel wärmer als in den Stunden, in denen ich mit offenen Augen durch Amsterdam ging.

Die Geschichte von der armen Grit und dem Drachen, jedenfalls, ging mir nicht mehr aus dem Kopf.

Serafina auch nicht.

Es war eine alte Frau, die mich eines Tages ansprach. An einem Herbsttag, in einem Café am Alexander Plein. Ich betrachtete die bunten Blätter, die ihre wilden Tänze auf dem Kopfsteinpflaster tanzten. Es war ein herrlicher Tag.

»Ich habe gewusst, dass es dich noch gibt«, sagte sie und lächelte ein Lächeln, das ich aus meinen Träumen und längst vergangenen Herbsttagen kannte.

Sie setzte sich zu mir an den Tisch.

Ich sagte nur ein Wort: »Serafina.«

Die alte Frau nickte. »Ich bin lange fort gewesen.«

Wir sahen einander an.

Der Herbstwind streifte unsere Gesichter. Serafina sah aus wie früher.

»Du hast dich nicht verändert. Du bist wunderschön«, sagte ich und dachte, dass ich ihr das schon damals hätte sagen sollen.

»Ich bin eine alte Frau.«

Sie bestellte sich einen Tee und ergriff meine Hand.

Dann erzählte ich ihr von dem Drachen. Von der Geschichte, die mir meine Großmutter erzählt hatte.

»Ich habe die Drachen gesehen«, sagte Serafina.

Ich starrte sie nur an und wusste, dass sie die Wahrheit sprach.

»Ich ging hinunter zur Gracht, um den Blättern nachzuschauen.« Sie nippte an dem Tee, wie es meine Großmutter früher getan hatte. »Ich war traurig, weil du nicht mit zum Riesenrad kommen wolltest. Und wütend.« Sie lächelte. »Meine Güte, bin ich wütend gewesen. Ich hatte gedacht, dass du darauf gewartet hast, mit mir dorthin zu gehen.« Sie seufzte. »Dann hat er mich gepackt, einfach so. Er hat mich in die Unterwasserwelt gezogen und dort habe ich ihm dienen müssen. Er ist allein gewesen. Es war ein schwarz-gelb gemusterter Drache, der Salamander hieß. Er war streng, aber er war gerecht. Er herrscht über alle Wesen, die unten in den Grachten leben.«

»Er hat dich gehen lassen?«

»Er hat mir erzählt, warum sein Herz zu Stein geworden ist.«

»Sein Drachenherz?«

»Ja. In manchen Teilen stimmt das, was deine Großmutter damals gesagt hat.«

»Erzähl es mir.«

»Einst hatte er ein Drachenmädchen gekannt«, sagte sie, »doch war er nicht mutig genug gewesen, ihr seine Liebe zu gestehen. Die Menschen spürten sie auf und töteten sie. Da wurde sein Herz zu einem Leopardenjaspis.« Serafinas Augen waren so jung, wie sie es damals gewesen waren. »Die Menschen glauben, dass Drachen bösartige Geschöpfe sind, doch das ist nicht wahr. Salamander wollte nichts anderes, als sein Herz zum Seufzen bringen. Dann, sagte er mir, würde alles wieder gut.«

»Was meinte er damit? Wie bringt man das Herz eines Drachen zum Seufzen?«

»Das hat er nicht gesagt. Aber er hat mich gehen lassen.«

»Jetzt bist du hier.«

Sie drückte meine Hand, die alt und runzlig war. »Jetzt bin ich hier. Bei dir.«

»Was wird jetzt passieren?«

»Drachen sind magische Geschöpfe«, sagte Serafina. »Aber die Magie gehört eigentlich uns allein.« Sie zwinkerte mir zu. »Wir sind zusammen. Ist das keine Magie?«

Wir standen inmitten der bunten Blätter, und der Herbstwind war jung und frisch, und die Sonne stand hell am Himmel, wie sie es seit vielen Jahren schon nicht mehr getan hatte.

»Kommst du mit?«, fragte Serafina. Ihr Haar flatterte im Wind.

»Wohin?«

Wir waren einander bei der Brücke, die über die Leidsgracht führt, über den Weg gelaufen.

»Es gibt einen Jahrmarkt, drüben beim Oosterpark. Sie haben sogar ein Riesenrad.« Sie sah mich an mit ihren Serafina-Augen und lächelte ihr Serafina-Lächeln.

»Ich erinnere mich«, sagte ich und meinte damit ein ganzes Leben.

Sie ergriff meine Hand. »Jan«, sagte sie nur.

Und plötzlich wusste ich, wie man das Herz eines Drachen zum Seufzen bringen kann.

»Lass uns zum Riesenrad gehen«, sagte ich.

Sie lachte. Erst zögerlich, ungläubig. Dann laut und schallend.

Diesmal würde sie bei mir sein. Salamander würde sie nicht mit sich nehmen. Aber war es nicht genau das, was er von Anfang an gewollt hatte? War es das, was die arme Grit verpasst hatte?

Es war ein wunderschöner Herbsttag und die Sonnenstrahlen wärmten uns.

»Was wird geschehen, wenn Salamander seufzt?« Ich dachte an Leben, die verstrichen waren, weil es manche Gelegenheiten eben nur einmal gibt.

Serafina ging neben mir her und ich glaube, sie war jetzt genau da, wo sie sein wollte. »Dann wird alles wieder gut«, sagte sie. »Dann wird alles endlich gut.«

Feuerschlund

Du spinnst«, fauchte Fackel, »ich kann viel besser Feuer spucken als du!« Wie zum Beweis ließ er mit zusammengepressten Zähnen ein paar zornige Rauchwolken aus seinem Maul steigen.

»Von wegen! Ich bin älter und kann schon mit drei Feuerbällen jonglieren. Also darf ich das Feuer schüren, nicht du!« Glutherz schlug empört mit dem gezackten Drachenschwanz nach ihrem Bruder, der jedoch geschickt zur Seite sprang – mit dem Ergebnis, dass sie ihren alten Großvater traf, der vor dem Lagerfeuer eingenickt war und den Streit der Kinder gar nicht mitbekommen hatte.

»He, hallo, was soll denn das?«, brummte der alte Drache und richtete sich zu voller Größe auf.

Fackel und Glutherz wichen ein wenig erschrocken aus dem Lichtkreis des ersterbenden Feuers. Die Nacht war kalt – wie immer –, aber der Wind war ein wenig milder als sonst und so hatten die beiden Drachenkinder ihren Großvater überreden können, ein Lagerfeuer auf der Lichtung vor dem Drachenberg zu errichten und länger als sonst draußen zu bleiben. Die Feuer in den Höhlen

83

hinter ihnen waren größtenteils gelöscht, die meisten Drachen schliefen bereits.

Glutherz, die vor ihrem kleinen Bruder nicht als feige dastehen wollte, wagte sich schließlich wieder einen Schritt nach vorne und meinte leise:

»Tut mir leid, Großvater, ich wollte dich nicht treffen. Aber das Feuer geht aus, und jemand muss es schüren, und Fackel will das machen, aber er ist doch noch zu klein, und ich . . .«

»Ich bin gar nicht zu klein! Und im Feuerspucken macht mir keiner was vor. Außerdem . . .«

»Na, na, ihr beiden, müsst ihr euch denn immer zanken?«, unterbrach der alte Drache. »Manchmal kommt ihr mir wie Feuer und Wasser vor.« Er schloss kurz die Augen, öffnete sein Maul und schürte das heruntergebrannte Lagerfeuer mit einem kurzen Flammenstoß.

Glutherz und Fackel ließen enttäuscht die Schultern sinken, kamen aber rasch näher, um sich zu wärmen. Im Schein der Flammen begann ihr grün-braunes Schuppenkleid rot zu schimmern.

»Wisst ihr beiden eigentlich, wie wertvoll das Feuer ist, um das ihr euch immer streitet?«

Fackel sah seine große Schwester ein wenig verunsichert an.

»Wie meinst du das, ›wertvoll‹?«, hakte er nach.

Glutherz merkte, dass er die Frage ihres Großvaters gar nicht verstand, aber ihr ging es nicht viel besser. Diese Blöße wollte sie sich allerdings nicht geben. »Das Feuer wärmt uns«, sagte sie daher. »Wir haben eine Feuerseele, und wenn wir das Feuer brauchen, spucken wir es aus. Und das ist gut so, weil die Welt so kalt und dunkel ist.« Der alte Drache konnte sich ein Grinsen nicht verkneifen.

»Da hast du recht. Aber unsere Welt war nicht immer so kalt und dunkel. Und der große Eisspiegel dort draußen war früher ein Meer aus Wasser, über das die Drachen bis in weite Fernen segelten.«

Jetzt hatte er ihre ganze Aufmerksamkeit. Der Streit von vorhin war vergessen, aller Zorn verraucht. Sie wussten, jetzt kam eine von Großvaters Geschichten. Und die liebten sie beide. Fackel legte den Kopf auf den Schwanz seiner Schwester und schlug die Flügel enger um sich. Glutherz machte es ihm ein bisschen bequemer, indem sie näher an ihn heranrückte. Dabei sah sie ihren Großvater erwartungsvoll mit großen grünen Augen an.

»Und es gab nicht nur Schlunddrachen wie uns«, fuhr dieser fort, »nein, unser Volk war nur eines von vielen. Die Drachen waren so zahlreich wie die Schuppen an meinem Panzer. Da waren zum Beispiel die kleinen, flinken Wieseldrachen, die überall umherhuschten und für die kein Loch, kein Versteck zu klein war; oder die Greifer, vor denen nichts und niemand sicher war; und die gefährlichen Kampfdrachen natürlich, die ganze Eisenkugeln spucken konnten, so groß wie meine Pranke hier. Aber eines, eines hatten alle gemeinsam: Sie spuckten kein Feuer, sondern – Wasser.«

»Wasser?« Der Zweifel stand Glutherz ins Gesicht geschrieben.

»Ja, Wasser«, erwiderte der alte Drache schlicht.

Fackel und Glutherz starrten sich entgeistert an. Glutherz, die ihren Namen nicht von ungefähr trug, konnte sich ein ungläubiges Hüsteln nicht verkneifen. Sie legte einen ordentlichen Stoß Rauch hinein, wie zum Beweis dafür, dass eine echte Feuerseele in ihr loderte, keine Wasserseele. Dem Alten entging das nicht. Richtig böse sein konnte er ihr allerdings nicht. Liebevoll ließ er seinen Blick über die Zacken ihres Mähnenkamms gleiten, die noch so klein und zerbrechlich wirkten und leicht im rauen Nachtwind zitterten.

»Alle Drachen hatten damals eine Wasserseele«, sagte er bestimmt. »Sie brauchten kein Feuer. Die Welt war warm. Die Sonne schien die meiste Zeit. Überall war Leben. Der Schuppenpanzer der Drachen war nur halb so dick wie heute. Feuer – nein, damals war Feuer eher ein Feind und es war gut, dass die Drachen diesem Feind etwas entgegensetzen konnten: das Wasser. Sie löschten Brände damit. Und für viele Drachenvölker war das Wasser geradezu lebenswichtig, allen voran die riesigen Buckeldrachen – Wesen, so groß wie diese Lichtung hier, mit Flügeln in allen Farben, die sie als Segel benutzten. Auf ihnen fuhren die anderen, kleineren Drachen über die Weltmeere, auf der Jagd nach Schätzen und Abenteuern. Ganze Aufbauten waren auf ihren Rücken angebracht, in denen die Ladung verstaut wurde und die Mannschaft untergebracht war. Drachenschiffe, so hießen sie.«

Die Augen des Alten nahmen einen Ausdruck an, als könne er die riesigen Drachenschiffe mit ihren bunten Segelflügeln deutlich vor sich sehen. Schließlich seufzte er leise und fuhr fort:

»Und auch für das Steuern der Buckeldrachen waren Wasserstrahlen unabdingbar. Dafür gab es die Steuerdrachen, wahre Künstler ihres Faches. Sie lebten unter Wasser und wurden am Rumpf der großen Buckeldrachen verankert. Viele besaßen vier Köpfe und mehr und sie konnten Wasser in alle Richtungen gleichzeitig ausstoßen. Im Verbund steuerten sie einen Buckeldrachen bis auf den Millimeter genau an jeden Ladungssteg. Große Künstler, ja, das waren sie.«

Der Alte hauchte einen kleinen Feuerstoß aus. »Und nicht zu vergessen die Kombüsendrachen!« Er fuhr sich mit der langen Zunge über die Lefzen. »Vielleicht waren sie nicht ganz so beeindruckend wie die Kampfdrachen oder die Buckeldrachen, aber nicht weniger wichtig, nein, nicht weniger wichtig . . .«

Fackel und Glutherz mussten lachen. Sie kannten die Vorliebe ihres Großvaters für gutes Essen. Seine großen, rot glühenden Augen nahmen einen verträumten Ausdruck an, doch bevor der Greis sich in Erinnerungen an längst vergangene Festmahle verlieren konnte, fragte Fackel rasch nach:

»Was ist aus ihnen geworden? Den Buckeldrachen und den Steuerdrachen und all den anderen?«

»Ausgestorben. Nur wir Schlunddrachen haben letztlich überlebt. Die anderen sind tot.« Die Stimme des Alten klang müde. Schmerz lag darin und Fackel und Glutherz ahnten etwas von der tiefen Trauer, die er wohl verspürte.

»Was ist passiert?«, flüsterte Fackel.

Der alte Drache antwortete nicht sofort. Er starrte eine

Weile ins Feuer, dann hob er den Blick gen Himmel, an dem sich seit vielen Jahrzehnten kein einziger Stern, kein einziger Mond mehr gezeigt hatte. Dicke Wolken jagten darüber hinweg, selbst in der dunklen Nacht noch sichtbar, getrieben von einem eisigen Wind, der unablässig aus Norden wehte.

»Die Welt hat sich verändert«, fuhr er schließlich mit Grabesstimme fort und den Kindern lief ein eisiger Schauder über den Rückenpanzer. »Etwas fiel vom Himmel, hoch oben im Norden. Manche sagten, es wären magische Steine gewesen. Andere behaupteten, es hätte Sterne geregnet. Zwei Tage lang war der Himmel am Horizont von glühenden Feuerschweifen überzogen. Was auch immer es war: Es schlug auf der Erde ein und veränderte sie auf ewig. Ein Beben durchlief die ganze Welt. Und dann kamen die Wolken aus dem Norden. Schwarze, endlose Wolken, die dunklen Niederschlag mit sich brachten. Seitdem wurde die Sonne nicht mehr gesehen. Und es wurde kalt, bitterkalt. Zuerst vereisten die kleinen Bäche, dann die Seen und Flüsse. Und noch etwas anderes gefror: das Wasser in den Drachen.«

Ein Holzscheit knackte und zerbrach und ein Funkenregen stob aus dem Feuer, tanzte im Wind und stieg wirbelnd in die kalte Nachtluft auf.

»Einer nach dem anderen starb. Zuerst traf es die großen Buckeldrachen, dann die Steuerdrachen, denn das Wasser war ihr ureigenes Element. Ohne Wasser waren sie verloren. Und so ging es weiter, einer nach dem anderen, einer nach dem anderen . . .«

Die Stimme des Alten war immer leiser geworden. Er hielt

den Kopf gesenkt und erneut verschleierten sich seine Augen. Fackel und Glutherz sahen sich nur kurz an, dann fragte Fackel:

»Aber wie kam es, dass ausgerechnet unser Volk überlebte, die Schlunddrachen?«

Der Alte schwieg einen Moment, wischte sich mit der Pranke über die schuppige Stirn und fuhr dann fort: »Als die Welt sich immer weiter veränderte und immer mehr Drachen starben, beschloss man, eine Expedition gen Norden zu schicken. Sie sollte nach den magischen Steinen suchen, die auf die Erde gefallen waren. Und sie sollte, wenn möglich, einen oder mehrere davon zurückbringen. Wenn man mehr darüber erfuhr, ließ sich vielleicht ein Mittel gegen die Kälte und Düsternis finden. Also rüstete man die letzten drei Buckeldrachen aus und stellte eine Mannschaft mit den tapfersten aller Drachen zusammen. Ein verwegener junger Pirat aus dem Volk der Schlunddrachen war einer der Ersten, der sich meldete. Denn jetzt ging es um weit mehr als um Beutezüge – das Überleben aller Drachen stand auf dem Spiel.«

Glutherz hielt den Atem an. Das war aufregender als jede Geschichte, die sie bisher an den Feuern der Drachen gehört hatte.

»Niemand wusste, wie lange die Reise dauern würde«, fuhr der Alte fort. »Nur, dass die Zeit knapp wurde. Über hundertfünfzig Drachen brachen auf – was glaubt ihr, wie viele zurückkehrten?«

Glutherz und Fackel sahen sich ratlos an. Schließlich zuckte Fackel mit dem Schulterdorn und meinte:

»Die Hälfte?«

Der Alte seufzte tief und schüttelte traurig den zerfurchten Kopf.

»Zwölf. Nur zwölf kehrten zurück. Glaubt mir, auf der Reise galt es, mehr als nur ein Abenteuer zu bestehen. Aber hört selbst:

Es war schon bitterkalt, als die Expedition aufbrach. Obwohl es noch Sommer war, hatte es bereits geschneit. Die Fahrt der drei Drachenschiffe das Meer hinauf gen Norden war eine der härtesten, die die Drachen je unternommen hatten. Schließlich erreichten sie die Küste des großen Nordlandes. Vieles hatte sich verändert. Die Küste lag unter Schnee, ein rauer Wind wehte und hatte alle Bäume und Pflanzen vernichtet. Kleinere Bäche waren zugefroren. Nur der große Strom, den die Drachen angesteuert hatten, floss noch. Er bot Platz für die Buckeldrachen. Auf ihm wollten sie weiter ins Landesinnere segeln, immer Richtung Norden. Doch auch der Strom hatte sich verändert und dies war das erste große Wunder: Er floss vom Meer ins Land hinein.«

Der alte Drache sah die beiden Kinder an, doch seine Worte zeigten nicht die Wirkung, die er erwartet hatte. Dann fiel ihm ein, warum.

»Natürlich, ihr könnt nicht wissen, dass früher alle Bäche und Flüsse ins Meer flossen, weil es tiefer lag als das Land. Als die Drachen daher sahen, dass der große Nordstrom seinen Lauf umgekehrt hatte, wussten sie, dass etwas Unglaubliches geschehen sein musste. Irgendwie musste das Land sich abgesenkt haben. In der Tat wurden die Ufer immer steiler, je tiefer die drei Drachenschiffe ins Landesinnere vordrangen. Gleichzeitig wurde die Strömung immer gefährlicher. Die Steuerdrachen mussten all ihr Können aufbringen, um die Buckeldrachen auf Kurs zu halten. Es war ein Spiel mit dem Feuer. Und schließlich geschah die Katastrophe.«

Wieder hielt der alte Drache inne, diesmal jedoch nicht, um die Reaktion seiner Zuhörer zu beobachten. Vielmehr schien ihn erneut große Trauer zu überwältigen.

»Es war das Ende der Buckeldrachen und der Steuerdrachen, ihre letzte große Tat«, flüsterte er. »Eine wahre Heldentat, denn sie retteten das Leben vieler.«

Es war so still geworden, dass man eine Schuppe hätte fallen hören können. Nur das Knistern des Feuers durchbrach die atemlose Spannung, die in der Luft lag.

»Es war bereits absehbar geworden«, fuhr der Alte schließlich fort, »dass die Drachen nicht mehr viel weiter würden segeln können. Und dann meldete der Ausguck vor ihnen einen gewaltigen Krater, in den das Flusswasser Hunderte von Metern in die Tiefe stürzte. Irgendetwas, vielleicht einer der magischen Steine, hatte sich in die Erde gebohrt, genau im Flusslauf, die Erde gespalten und eine tiefe Schlucht geschlagen.«

Der Alte räusperte sich. »Die Drachen steuerten unaufhaltsam auf diesen gewaltigen Wasserfall zu«, sagte er. »Doch noch ehe man mit Gegenmanövern beginnen konnte, um das sichere Land zu erreichen, geschah das Unglück: Der vorderste der Buckeldrachen kenterte.«

Fackel zuckte zusammen, verschluckte sich und stieß vor

Schreck eine kleine Rauchwolke aus. Sein Großvater klopfte ihm beruhigend mit dem schweren Flügel auf den Rücken und fuhr erklärend fort:

»Er war gegen einen Felsen gestoßen, der knapp unter der Wasseroberfläche verborgen lag. Die nachfolgenden Drachenschiffe hatten keine Zeit mehr auszuweichen und prallten auf den gestrandeten Kameraden. Das Chaos war perfekt: Die Aufbauten und Ladungen wurden vom Rücken der Schiffe gerissen, die Flügel der Buckeldrachen brachen und die meisten anderen Drachen wurden in die Fluten geschleudert. Alles drohte, vom Wasserfall in die Tiefe gerissen zu werden. Das Ende der Expedition schien gekommen.«

»Aber einige wurden sicher gerettet, oder?« Glutherz konnte nicht mehr an sich halten.

»Ja – doch der Preis dafür war hoch. Die Steuerdrachen waren die Einzigen, die noch fest am Panzer der Buckeldrachen verankert waren. Sie fackelten nicht lange, vereinigten ihre Kräfte mit denen der Buckeldrachen und stießen mit aller Macht ihre ganze Wasserseele aus. Alle Drachen richteten ihren Wasserstoß so, dass er im Fluss einen Wirbel erzeugte, entgegengesetzt zum Lauf der Strömung. Was glaubt ihr, was geschah?«

»Die Drachen haben den Fluss umgekehrt, sodass er wieder zurück zum Meer floss, weg vom Krater.« Glutherz war ganz Feuer und Flamme.

Der alte Drache lächelte.

»Nein, mein Kind, nicht ganz. Dazu waren selbst sie nicht in der Lage. Aber sie konnten die Strömung so verlangsamen, dass es vielen Drachen, die in den Fluss gefallen waren, gelang, sich schwimmend ans Ufer zu retten. Es war eine wahre Heldentat, denn die Navigatoren und die Buckeldrachen wussten sehr wohl, dass dies gleichzeitig ihr Ende bedeutete.«

Das Feuer vor ihnen war schwächer geworden und die Nacht griff erneut mit ihren kalten Pranken nach den drei Drachen. Fackel und Glutherz schienen es jedoch gar nicht zu spüren, so gebannt lauschten sie den Worten ihres Großvaters.

»Sie stießen ihre ganze Wasserseele aus«, fuhr der Alte fort, »und als die Kräfte sie verließen, riss sie der Strom den Wasserfall hinunter in eine bodenlose Tiefe. Es war das Ende der tapfersten Steuerdrachen und der allerletzten Buckeldrachen der Welt. Sie hatten sich geopfert, damit die anderen Drachen weiterreisen konnten.«

Die beiden Kinder schwiegen betreten. Sie spürten, dass dies eine bedeutende Geschichte war, egal, wie viel von ihr wahr sein mochte. Sie hätten ein schlechtes Gewissen gegenüber dem alten Drachen gehabt, wenn sie ihre Zweifel angemeldet hätten. Also fragte Glutherz lieber:

»Was passierte dann?«

»Die Überlebenden des Schiffsunglücks hatten nicht viel an Ausrüstung retten können, fast ausschließlich das, was sie am Panzer trugen. Die Kampfdrachen waren mit einigen Geschossen ausgerüstet, was allen ein beruhigendes Gefühl vermittelt, denn noch immer wussten sie nicht, was sie am Ende der Reise erwartete. Einige Greifer hatten ein paar Trümmerstücke mit an Land ziehen können. Und natürlich waren noch Schlunddrachen da, die in ihren Beutelmägen weitere Ausrüstung und Nahrungsmittel transportierten. Es war nicht viel, aber es reichte, um weiterzumachen.«

Er stieß eine kleine Rauchwolke aus, die sich augenblicklich mit dem Rauch des Feuers vermischte und in den Nachthimmel stieg.

»Es dauerte einige Tage, bis sie den Krater umrundet und den gegenüberliegenden Rand der Schlucht erreicht hatten. Erst dann konnten sie wieder dem Flusslauf nach Norden folgen. Wie tief der Krater war, war aus der Höhe nicht zu erkennen. Manche sagten, er reichte bis tief ins Erdinnere ... und dass ein Buckeldrache und einige Steuerdrachen den Sturz überlebt hätten und fortan auf einem unterirdischen Strom den Weg nach Hause suchten. Aber das ist eine andere Geschichte ...«

Der Alte beeilte sich fortzufahren, bevor Glutherz und Fackel Gelegenheit hatten nachzuhaken.

»Es war eine trostlose Landschaft, durch die sie zogen. Die Wolken waren noch dichter geworden, hier hatte lange keine Sonne mehr geschienen. Es wurde noch kälter und den Drachen gefroren die Schuppen am Panzer. Ihr wisst, wie schmerzhaft es ist, wenn einem eine gesunde Schuppe abbricht. Glaubt mir, die Drachen mussten viele Schmerzen ertragen, sehr viele! Und viele starben.

Die Berge um sie herum wurden immer zerklüfteter. Niemand wusste, ob das Nordland schon immer so ausgesehen hatte oder ob es durch den magischen Steinregen verändert worden war. So weit war noch nie ein Drache nach Norden vorgestoßen.

Nach langen Tagen und Abenteuern kamen sie schließlich an eine weitere Schlucht und wieder sah es so aus, als müssten sie aufgeben. Der Erdspalt zog sich quer über ihren Weg und war viel zu breit, um ihn in einem Sprung zu überwinden. Ich glaube, jeder Drache hat in seinem Leben schon mehr als einmal bereut, nicht fliegen zu können, trotz der Flügel, die wir haben. Aber wir sind einfach zu schwer.«

Glutherz seufzte und blickte abfällig auf ihre Flügel. Doch sie sagte nichts.

»Keiner der Drachen wusste, wie weit der Spalt sich nach Westen oder Osten zog und ob die Kräfte der Drachen reichen würden, ihn zu umwandern«, erklärte der Alte. »Sie glaubten ohnehin nicht, dass sie noch lange würden durchhalten können. Für Umwege war keine Zeit mehr. Es war so kalt geworden, dass ihnen der Atem um die Mäuler gefror.«

Der Drache sah Glutherz und Fackel an. Auch vor ihren Mäulern hatte sich Dampf gebildet. Das Feuer war fast ganz heruntergebrannt und eisige Kälte hatte sich auf der Lichtung ausgebreitet. »Man müsste so langsam mal wieder das Feuer schüren. Wir bräuchten einen richtig kräftigen Feuerstoß, um es wieder in Gang zu bringen. Ich glaube nicht, dass das einer allein schafft – was meint ihr, kriegt ihr das zusammen hin?«

Glutherz wandte den Kopf und blickte ihren Bruder an. Langsam stahl sich ein Lächeln auf ihre Züge. Fackels Augen begannen zu funkeln, er nickte kurz und dann spuckten beide gleichzeitig einen Feuerstrahl in die sterbenden Flammen, die sofort wieder zu lodern begannen.

»Gut gemacht, Kinder«, lobte der Alte. »So einfach hatten es die Drachen damals im hohen Norden allerdings nicht. Es war der Anführer der Kampfdrachen, dem schließlich die rettende Idee kam; auch wenn ihm klar war, dass es ihn und die letzten Überlebenden seiner Art das Leben kosten würde.«

Fackel sah mit großen Augen auf. »Und trotzdem haben sie . . .?« Er brachte den Satz nicht zu Ende.

»Ja, trotzdem, mein Junge«, bestätigte sein Großvater. »Gemeinsam stellten die Kampfdrachen sich am Rande der Schlucht auf und mit aller Macht ihrer Seelen spien sie dünne Wasserstrahlen über den Abgrund. Wasser, das in der eisigen Luft sofort gefror, bis sich ein festes Gespinst bildete, ähnlich einem dicht gewobenen Spinnennetz. Nur Kampfdrachen waren in der Lage, so gezielt und weit zu speien und die einzelnen Strahlen so miteinander zu kreuzen, dass am Ende eine Brücke aus gefrorenem Wasser entstand. Es war das Letzte, was sie taten. Nichts schützte sie mehr vor der Kälte, nachdem sie ihre Wasserseelen ausgehaucht hatten. Und so gefroren sie zu Eis, dort am Rande der Schlucht. Es heißt, sie stünden noch heute dort.«

Glutherz konnte ein leises Schluchzen nicht unterdrücken und Fackel legte ihr tröstend den Flügel auf den Rücken.

»Niemand wusste, wie lange die zerbrechliche Brücke halten würde und ob sie überhaupt stark genug war, die letzten Drachen zu tragen«, erklärte der Großvater, »doch kein Drache zögerte auch nur eine Sekunde, sie zu betreten. Ihre Freunde waren dafür gestorben, nun musste dieser Weg beschritten werden – es war ihre letzte Chance. Und die Brücke hielt tatsächlich. Vielleicht war etwas von der Kraft der Wasserseelen in sie geflossen – wer weiß? Die letzten Drachen konnten jedenfalls weiterziehen.«

Der alte Drache schaute versonnen ins Feuer und stieß erneut einen Rauchstoß aus. Er wirkte sehr müde. Schließlich rappelte er sich auf und schüttelte sein mächtiges Haupt.

»Genug von den alten Geschichten. Es ist spät geworden und ihr müsst jetzt wirklich auf eure Lager. Ich erzähle euch morgen, wie es im Nordland weiterging.«

»Aber…«, fauchten Fackel und Glutherz gleichzeitig. Beide glühten vor Entrüstung. »Man kann doch nicht einfach mitten in einer Geschichte aufhören!«

Der Alte schaute die beiden an, sah in ihre neugierigen Gesichter, in die Gesichter von Drachenkindern, die so anders und doch so ähnlich waren wie die, die er aus seiner eigenen Jugend kannte, damals, als die Welt noch eine andere gewesen war.

»Gut«, meinte er lächelnd. »Aber ich mache es kurz.« Mit einem deutlich vernehmbaren Ächzen ließ er sich wieder neben den beiden Kindern nieder. »Die letzten überlebenden Drachen der Expedition zogen also weiter nach Norden und mit einem Mal wurde es wärmer. Das Eis schmolz und die Drachen schöpften neue Kraft. Sie brauchten den Nordstrom nicht mehr, denn nun konnten sie sich an den hohen Rauchsäulen orientieren, die überall am Horizont aufstiegen. Schließlich kamen sie in eine Gegend, die von Kratern übersät war. Krater, in denen Feuer loderte und aus denen Rauch stieg. Sie hatten den Ort erreicht, an dem die magischen Steine vom Himmel gefallen waren. Und als sie näher kamen, sahen sie, dass die Steine brannten.«

Fackel keuchte aufgeregt. »Feuersteine!«

»Ja, Feuersteine. Nur zwölf Drachen waren noch am Leben und es waren alles Schlunddrachen, allen voran ihr Anführer, jener verwegene junge Piratenkönig, der sich als einer der ersten zur Expedition gemeldet hatte; jener Drache, den man später Feuerschlund nannte. Sie spuckten einen Teil der Vorräte aus, die sie in ihrem Beutelmagen transportierten, schluckten die Feuersteine und brachten sie mit sich zurück in die Drachenländer – auch wenn es letztlich für die Drachenvölker dort bereits zu spät war. Sie konnten nicht mehr gerettet werden. Doch mit jenen zwölf Drachen, die die Feuersteine in sich trugen, geschah etwas: Die Feuersteine veränderten ihre Seele und sie wurden zu Feuerdrachen – euren Vorfahren. Nur so konnte unser Volk fortan in der Kälte und Düsternis überleben.«

Ein kalter Windstoß fegte über die Lichtung und brachte erste Regentropfen mit sich. Der alte Drache seufzte traurig. »So, jetzt wisst ihr, wie die Schlunddrachen zu Feuerdrachen wurden«, sagte er. »Und jetzt ab mit euch aufs Lager.«

Glutherz sah ihn enttäuscht an und verlegte sich aufs Betteln. »Oh, bitte, nur noch eine winzig kleine Geschichte!«

Der alte Drache funkelte sie kurz an, doch dann lächelte er schelmisch, beugte sich tief zu den beiden hinunter und flüsterte verschwörerisch:

»Es gibt da etwas, das viele Drachen niemals gewusst und andere längst vergessen haben. Wenn ich euch ein großes Geheimnis verrate, versprecht ihr mir dann, sofort schlafen zu gehen?«

Glutherz' und Fackels Augen sprühten vor Neugier.

»Versprochen!«, fauchten beide gleichzeitig und zitterten vor Aufregung bis in die Schwanzspitzen.

»Gut«, meinte der alte Drache, blickte sich vorsichtig um, als wolle er sichergehen, dass sie nicht belauscht wurden, und fuhr noch leiser fort: »Dann hört gut zu: Ihr beiden, ihr könnt nur Feuer spucken wie die anderen Drachen auch. Aber jene zwölf Drachen um ihren Anführer Feuerschlund, die damals aus dem hohen Norden zurückkamen, konnten beides: Sie spuckten Feuer und Wasser!«

»Feuer und Wasser? Pah! Jetzt spinnst du aber völlig, Großvater.« Fackel hatte gebannt zugehört, konnte sich jetzt aber nicht mehr zurückhalten. Glutherz stieß ihm mahnend den Flügel in die Seite.

Der alte Drache grinste jedoch nur und nickte.

»Ja, vielleicht hast du recht. Wer weiß nach all der Zeit noch, was wahr und was gelogen ist? Wichtig ist nur, dass wir Schlunddrachen das Feuer in uns tragen; das Feuer, das es uns ermöglicht, auf dieser kalten Welt zu überleben, bis vielleicht eines Tages die Sonne die Wolken wieder vertreibt und die Wärme zurückkehrt. Ist das nicht das Wichtigste? Und nun geht schlafen. Morgen ist wieder ein langer dunkler Tag.«

Fackel und Glutherz wussten, dass es keinen Zweck hatte, den Alten noch länger mit Fragen und Bitten zu löchern. Sie nickten sich zu, erhoben sich und gingen zu ihrem Lager. Kurz bevor sie die Lichtung verließen, schaute Gluterz sich noch einmal um und betrachtete den von tiefen Furchen durchzogenen Panzer des steinalten Drachen, der im Schein des Feuers rötlich schimmerte, und sie spürte so etwas wie Mitleid in sich aufsteigen.

»Glaubst du ihm auch nur ein Wort, Fackel?«

Fackel blieb stehen und sah ebenfalls zurück. Er überlegte eine Weile, horchte tief in sich hinein, spürte seine Feuerseele lodern und antwortete:

»Nein.«

Dann gingen sie weiter und legten sich schlafen.

Der alte Drache aber hatte noch gute Ohren – viel bessere, als die meisten jungen. Er hörte, was die beiden Kinder sagten, doch er war ihnen nicht böse. Er lächelte nur still, schloss die Augen, horchte tief in sich hinein und öffnete das Maul. Ein kurzer Wasserstrahl schoss daraus hervor und löschte das Feuer.

HEIKE UND WOLFGANG HOHLBEIN

Drachenthal. Die Entdeckung

Romanauszug

Auch ohne seine Zauberkräfte zu Hilfe zu nehmen, fiel es Themistokles nicht schwer, Feuer und die drei anderen zu finden.

Irgendwo in dem Labyrinth aus Gewölben und Stollen vor ihm wurden Stimmen laut und Themistokles konzentrierte sich auf die Worte. Gleichzeitig dämpfte er den magischen Lichtschein, der ihm bisher den Weg gewiesen hatte. Vielleicht war es besser, wenn er Sturm und Feuer nicht zu früh auf sich aufmerksam machte.

Themistokles hatte die Küche, die komplett magisch funktionierte und in der somit nie jemand war, längst hinter sich gelassen und drang schon seit einer ganzen Weile tiefer und tiefer in das unterirdische Labyrinth ein, das sich unter der Burg erstreckte und mindestens hundertmal größer war als Drachenthal. Ein weiterer Grund, aus dem er Feuer und den drei anderen gehörig die Leviten lesen würde, denn es war den Schüler strengstens untersagt, hier herunterzukommen – und das aus gutem Grund.

Das Labyrinth war im wahrsten Sinne des Wortes gigantisch. Es war uralt – viel, viel älter als Drachenthal oder irgendein anderer Ort, den Themistokles kannte –, und niemand wusste, wer es ursprünglich angelegt hatte oder wozu; so wenig wie irgendjemand wusste, wie weit sich das Durcheinander aus Gängen, Stollen, Sälen, Treppen, Hallen, Schächten und Räumen wirklich erstreckte. Nicht einmal Themistokles war sicher, ob er den Ausgang jemals wiederfinden würde, sollte er sich hier unten verirren.

Seine Laune nahm noch weiter ab, als er näher kam und allmählich nicht nur die Stimmen, sondern auch die Worte verstehen konnte. Themistokles löschte das magische Licht endgültig und schlich in vollkommener Dunkelheit und auf Zehenspitzen weiter.

».. . nicht auf uns sitzen lassen«, hörte er eine Stimme, die er auf Anhieb als das rauchige Knarren Feuers erkannte. »Wenn der alte Knacker glaubt, er könnte hierherkommen und uns alles kaputt machen, dann wird er sein blaues Wunder erleben!«

Soso, dachte Themistokles. Das war er also für seine neuen Schüler. Ein *alter Knacker.*

»Immerhin sprichst du von Themistokles«, wandte eine andere Stimme ein, von der er annahm, sie gehöre Sturm. »Dem mächtigsten aller Magier!« Themistokles lächelte versöhnt. Anscheinend waren nicht *alle* hier so unverschämt und Sturm fuhr im gleichen Tonfall fort: »Auch wenn er seine besten Tage schon hinter sich hat. Ich habe gehört, er ist schon ziemlich vertrottelt.«

»Den alten Zausel rauche ich in der Pfeife!«, behauptete Feuer großspurig. »Niemand kommt mir hier in die Quere!«

»Aber er ist immer noch ein Zauberer«, gab Sturm zu bedenken. »Und auch ein verblödeter alter Kalkbolzen von Zauberer ist und bleibt ein Zauberer.«

»Pah!«, machte Feuer. »Da erzählt mein Onkel, der Tatzelwurm, aber was ganz anderes!«

Themistokles, der kurz davor stand, vom Schlag getroffen zu werden, hatte genug gehört. Mit einem entschlossenen Schritt (und vor Wut puterrot angelaufenem Gesicht) trat er aus seinem Versteck in den Schatten heraus und fragte: »Was erzählt denn dein Onkel, wenn ich fragen darf?«

Die Reaktion auf sein plötzliches Erscheinen war bemerkenswert, auch wenn er keine Antwort auf seine Frage bekam: Sturm kreischte, als hätte ihm ein Riese unversehens auf den langen schuppigen Schwanz getreten. Der Zwerg machte einen raschen Schritt zur Seite und wurde fast unsichtbar, als er seine Haut wie die eines Chamäleons der Farbe und Struktur der Felswand hinter sich anpasste – Zwerge können so etwas – und das vielbeinige Etwas, das Themistokles noch immer nicht richtig identifizieren konnte, sprang mit einem einzigen Satz zur Decke hoch und klammerte sich dort mit dem Kopf nach unten fest. Nur Feuer blieb, nach einem einzelnen, heftigen Zusammenzucken, vollkommen ruhig und sah Themistokles aus trotzig funkelnden Augen an.

»Themistokles«, knurrte er.

»Die korrekte Antwort lautet *Meister Themistokles*«, verbesserte ihn der Magier. Normalerweise legte er keinen Wert auf Titel, sondern empfand sie im Gegenteil als ebenso überflüssig wie peinlich, aber bei diesem vorlauten

Schnösel erschien es ihm angebracht, die Form zu wahren. »Es sei denn, du ziehst es vor, mich *alter Knacker* zu nennen oder . . .«, er schoss einen zornigen Blick in Sturms Richtung ab, der daraufhin wie Espenlaub zu zittern begann, ». . . Kalkbolzen.«

»Ihr habt gelauscht«, stellte Feuer ohne das geringste Anzeichen von Reue fest. Themistokles glaubte nicht, dass er wusste, was das Wort überhaupt bedeutete.

»Das war gar nicht nötig«, antwortete Themistokles. »Ihr wart nun wirklich laut genug!«

»Normalerweise kommt ja auch niemand hier herunter«, blaffte Feuer. Themistokles hatte das sichere Gefühl, dass er noch sehr viel mehr sagen wollte, aber dann klappte er im letzten Moment den Mund zu und war klug genug zu schweigen.

»Und das aus gutem Grund!«, versetzte Themistokles. »Ihr wisst, dass es verboten ist! In diesem Labyrinth ist schon mehr als einer verschwunden, ohne je wieder aufzutauchen.«

»Quark mit Zwiebelsoße«, grollte Feuer. »Ich kenne mich hier aus.«

Diesmal war es Themistokles, der es vorzog, nicht zu antworten. Er wäre wahrscheinlich explodiert, hätte er es getan. Stattdessen sog er nur hörbar die Luft zwischen den Zähnen ein, trat einen Schritt zurück und legte den Kopf in den Nacken, um das vielbeinige Etwas zu betrachten, das noch immer unter der Decke hing, vor Angst an allen Gliedern schlotterte und ihn aus mindestens einem halben Dutzend winziger Knopfaugen furchtsam musterte.

Themistokles konnte sich eines leisen Fröstelns nicht erwehren, als er erkannte, um was für ein Geschöpf es sich handelte. Es war eine Spinne. Ihr Körper war größer als ein Medizinball und die Beine, die mit flauschigem dunkelrotem Fell bedeckt waren, mussten ausgestreckt die Länge eines erwachsenen Mannes haben.

»Du da!«, sagte er streng, während er mit dem ausgestreckten Zeigefinger wie mit einem Stock nach der Spinne spießte. »Komm runter!«

Die Spinne zögerte noch einen Moment, setzte sich dann aber gehorsam in Bewegung und stakste auf ihren langen Beinen an der Decke entlang und die Wand herab. Zitternd blieb sie zwei Meter vor Themistokles stehen und Themistokles seinerseits musste zugeben, dass er heilfroh war, dass sie nicht näher kam. Sie war wirklich abgrundtief *hässlich*.

»Wie ist dein Name?«, fragte er.

»Ich . . . ich habe keinen Namen, Meister Themistokles«, stammelte die Spinne.

»Keinen Namen?«

»Sie braucht keinen«, grollte Feuer. »Es gibt immer nur eine von ihrer Art, wisst Ihr das denn nicht, *Meister* Themistokles?«

Allein die Art, wie er das Wort *Meister* aussprach, dachte Themistokles, machte es zu einer Frechheit. Aber Themistokles schluckte seinen Ärger herunter und drehte sich in die Richtung herum, in der er den Zwerg vermutete. »Und du?«

»Jarrn«, schnarrte es, ein gutes Stück neben der Stelle, die Themistokles angeblickt hatte. »Jarrn der Zweite.«

»Feuer, Sturm, Spinne und Jarrn«, wiederholte Themistokles.

»Der Zweite.«

»Und möglicherweise der Letzte, wenn du so weitermachst«, gab Themistokles böse zurück. Dass er den Zwerg dabei nicht ansehen konnte, sondern nur die Wand dort, wo er ihn *vermutete*, war äußerst gewöhnungsbedürftig, aber er gab sich zumindest Mühe, Würde zu bewahren. »Diese Namen werde ich mir ganz besonders gut merken.«

»Ja, ja, das wäre nicht schlecht«, sagte Feuer patzig.

»Ich wiederhole meine Frage«, beharrte Themistokles, dem es immer schwerer fiel, nicht einfach loszubrüllen oder etwas noch viel Schlimmeres zu tun, das er später bedauern würde – wenn auch bestimmt nicht annähernd so sehr wie diese vier Früchtchen. »Was tut ihr hier? Wenn ich mich richtig erinnere, waren wir oben im Hof verabredet!«

Niemand antwortete. Sturm und Spinne zitterten vor Angst immer noch um die Wette und Jarrn der Zweite blieb einfach verschwunden, während Feuer ihn weiterhin reglos, aber aus böse glitzernden Augen anstarrte.

»Aber vielleicht habt ihr ja gar nicht damit gerechnet, dass ich zu unserer Verabredung erscheine«, fuhr Themistokles fort. »Vielleicht habt ihr ja geglaubt, dass ich gar nicht mehr kommen *kann*.«

Abgesehen von Feuer erntete er nur verständnislose Blicke, sodass er schließlich in die Tasche griff und den Stein herausholte. »Kommt euch das irgendwie bekannt vor?«

»Nein«, antworteten Spinne, Jarrn der Zweite und Sturm wie aus einem Mund. Themistokles senkte irritiert den Blick und stellte fest, dass der Mauerstein immer noch die Größe eines Spielwürfels hatte. Rasch murmelte er einen Zauberspruch und der Beweis für den feigen Anschlag wuchs sofort zu seiner ursprünglichen Größe an, bis er zu schwer war, um ihn mit nur einer Hand zu halten und Themistokles' Fingern entglitt. Mit einem lauten Poltern fiel er zu Boden und zerbrach in drei Teile. Feuer grinste unverschämt.

Themistokles räusperte sich verlegen und straffte die Schultern. »Kommt euch dieser ... äh ... Mauerstein irgendwie bekannt vor?«, fragte er.

»Nö«, antwortete Sturm. Die Spinne schüttelte sich – und da sie keinen Kopf hatte, war das wohl ihre Art, den Kopf zu schütteln – und auch Jarrn schnarrte ein halb lautes Nein. Feuer starrte Themistokles nur weiter an.

»Nun, dann werde ich eurem Gedächtnis ein wenig auf die Sprünge helfen«, sagte Themistokles. »Dieser Stein hätte mich um ein Haar getroffen.«

»Unglücke kommen vor«, gab Feuer zu bedenken. Sturm hingegen wirkte eindeutig betroffen. Die Gedanken der Spinne zu lesen war vollkommen unmöglich, während er das des Zwerges nicht einmal sah, denn nachdem er sich verkrümelt hatte, zog Jarrn der Zweite es vor, auch verkrümelt zu bleiben.

»Sicher«, bestätigte Themistokles. »Vor allem wenn jemand ein bisschen nachhilft.«

»Das ... das hast du doch nicht wirklich getan«, murmelte die Spinne fassungslos.

»Ein kleiner Denkzettel hat noch keinem geschadet«, sagte Feuer trotzig. »Themistokles ist ein Zauberer, oder? Meistermagier haben doch angeblich einen Schutzzauber, sodass ihnen gar nichts passieren kann.«

»Selbst wenn es so wäre«, antwortete Themistokles – wobei er sich hütete zu sagen, dass Feuers Behauptung ausgemachter Blödsinn war; nichts als etwas, das er sich in genau diesem Moment ausgedacht hatte, um sich vor seinen Freunden zu verteidigen –, »gibt euch das noch lange nicht das Recht für *solche* Scherze! Was, wenn einer der anderen Schüler durch diese Tür gegangen wäre? Der Stein hätte ihn erschlagen können!«

»Na und?«, machte Feuer. »Müssen sie eben aufpassen! Ein bisschen Schwund ist immer.«

Themistokles japste hörbar nach Luft. »Ein bisschen . . .?«, ächzte er. »Aber da hört sich doch alles auf!« Selbst Sturm und die beiden anderen wirkten eindeutig schockiert, aber Feuer hielt Themistokles' Blick gelassen stand. Und mehr noch: Hinter dem kindlichen Trotz in den Augen des Drachen erkannte Themistokles plötzlich eine Härte, die ihn erschauern ließ. Das war kein aufsässiger Bengel mehr, der ihm gegenüberstand, sondern ein zu allem entschlossenes Wesen – ein *gefährliches* Wesen –, das weder Gnade noch Rücksicht noch irgendeine Art von Mitgefühl kannte. Ein rascher, aber eiskalter Schauer lief über Themistokles' Rücken. Plötzlich erinnerte er sich wieder an die Worte des Zwerges und für einen Moment *hatte* er Angst.

Unsinn! Themistokles verscheuchte den Gedanken. Wer

war er, dass er sich vor einem *Kind* fürchtete? Gut, es war ein Kind, das ungefähr zweitausend Pfund wog, vier Meter lang war und Hauer wie ein Säbelzahntiger hatte – und das so ganz nebenbei wahrscheinlich auch noch Feuer spucken konnte –, aber nichtsdestoweniger ein Kind.

Vielleicht war dies der Moment, eine andere fast vergessene Sitte aus der guten alten Zeit hervorzukramen: Nämlich dass man den lieben Kleinen manchmal Respekt vor dem Alter beibringen musste . . .

Der Zorn schwand von seinem Gesicht und machte großem Ernst, aber auch großer Entschlossenheit Platz.

»Also gut«, sagte er ruhig. »Ich sehe schon, dass gutes Zureden so wenig Sinn hat wie Appelle an eure Vernunft. Dann muss ich wohl andere Saiten aufziehen.«

»Na, da bin ich aber mal gespannt«, zischte Feuer.

»Ich will gar nicht wissen, was ihr hier unten zu suchen hattet«, fuhr Themistokles fort. »Und ich will auch gar nicht mehr wissen, was ihr vorhin besprochen habt.«

»Das ginge Euch auch gar nichts an«, sagte Feuer patzig. »Es gibt so etwas wie Privatsphäre.«

Themistokles ignorierte die unverschämte Antwort – so schwer es ihm auch fiel – und fuhr mit unveränderter Ruhe fort: »Ab sofort werdet ihr keinen Fuß mehr in dieses Labyrinth setzen. Eure sogenannte *Bande* ist aufgelöst. Ihr könnt gern Freunde bleiben, aber ihr werdet euch nicht mehr zusammen irgendwo herumtreiben, wo ihr nichts zu suchen habt, und ihr werdet anderen Schülern nicht mehr verbieten, ihre Zauberkräfte anzuwenden oder am Unterricht teilzunehmen.«

Feuer zischte. Die Spinne begann noch heftiger zu zittern und auch Sturm stieß ein ungläubiges Keuchen aus. Einzig Jarrn der Zweite war klug genug, die Klappe zu halten.

»Ich möchte, dass ihr jetzt nach oben und zu den anderen geht«, fuhr Themistokles fort. »In einer Stunde fängt der Unterricht an. Ich erwarte euch pünktlich!«

Die Spinne trippelte ein paar Schritte in Richtung Tür und auch ein Teil der gegenüberliegenden Wand schien auf einmal in Bewegung zu geraten, als sich Jarrn der Zweite von seinem Platz löste. Aber beide blieben abrupt stehen, als Feuer ein drohendes Zischen ausstieß.

»So läuft das nicht«, fauchte er. »Das lasse ich mir nicht bieten!«

»Wie bitte?«, fragte Themistokles.

»Das lassen wir uns nicht gefallen!«, schrie Feuer – und dann riss er zu Themistokles' maßlosem Entsetzen das Maul auf und stieß eine meterlange Flamme in seine Richtung!

Themistokles war so überrascht, dass er erst im allerletzten Moment seine eigene Magie entfesselte, um den tödlichen Feuerstoß abzuwehren. Die Flamme erlosch, aber allein ihre Wucht reichte, um Themistokles zurück und gegen die Wand prallen zu lassen. Vollkommen fassungslos und schier gelähmt vor Schrecken, starrte er den jungen Feuerdrachen an – nicht weil er wirklich Angst vor ihm gehabt hätte, sondern weil er einfach nicht glauben wollte, was er getan hatte. Es vergingen endlose Sekunden, bis er sich wieder aufrichtete und sich ungläubig mit der Hand über das Gesicht fuhr. Wo seine Augenbrauen gewesen waren, war jetzt nur noch graue Asche. Hätte er auch nur einen Sekundenbruchteil später reagiert...

Noch immer viel mehr verwirrt als wirklich zornig, trat Themistokles auf Feuer zu und begann einen Zauberspruch zu murmeln, um es diesem dreisten Burschen heimzuzahlen, aber er kam nicht dazu: »*Packt ihn!*«, brüllte Feuer und stieß eine weitere noch heißere Flammenzunge aus. Diesmal war Themistokles vorgewarnt, sodass es ihm ein Leichtes war, den Angriff abzuwehren, doch dann geschah etwas, womit er nun wirklich nicht gerechnet hätte: Zögernd, dann aber doch einer nach dem anderen, entfesselten auch Spinne, Sturm und Jarrn der Zweite ihre magischen Kräfte und fügten sie denen des Feuerdrachens hinzu und mit einem Male schlug eine Woge unvorstellbar hellen, unvorstellbar *heißen* Feuers über Themistokles zusammen, eine Flamme, die ihn auf der Stelle zu Asche verbrannt hätte, hätte sie ihn getroffen.

Nur den Bruchteil eines Atemzuges zuvor aber entfesselte auch der Magier all seine Zauberkräfte. Das Feuer hielt um Haaresbreite vor ihm inne. Die Flammen erloschen nicht, aber sie erstarrten und schienen plötzlich aus leuchtendem Glas zu bestehen, das sich keinen Millimeter mehr bewegte, und verloren auch ihre Hitze.

Mit einem erleichterten Seufzer richtete sich Themistokles auf und sah sich um. Nicht nur die Flammen, auch Feuer und die drei anderen waren mitten in der Bewegung erstarrt; so als wären sie eingefroren. Themistokles stand lange einfach so da, blickte die beiden Drachen, den Zwerg und die Spinne fassungslos an und versuchte den

Gedanken zu akzeptieren, dass diese vier ihn hatten *umbringen* wollen. Das war kein Scherz mehr, der aus dem Ruder lief, wie die Sache mit dem Stein, sondern tödlicher Ernst.

Und plötzlich überkam Themistokles eine tiefe, bittere Trauer. Aller Zorn war verflogen und für einen Moment musste er mit aller Kraft gegen die Tränen ankämpfen.

Endlich aber kam er zu einem Entschluss. Themistokles seufzte tief und murmelte einen Zauberspruch und plötzlich fanden er und die vier anderen sich mitten auf dem Burghof wieder. Für einen Moment zitterte der Boden unter seinen Füßen, als das Feuer tief unter ihnen aus seiner magischen Starre brach und die Wände des Labyrinths zu Glas zerschmelzen ließ; auch Feuer und seine Freunde erwachten langsam wieder aus ihrer Bewegungslosigkeit. Themistokles sah sie einen Moment lang traurig an, dann murmelte er abermals einen Zauberspruch und klatschte zusätzlich in die Hände und plötzlich erschienen *alle* Schüler auf dem Hof. Die meisten guckten ziemlich verdutzt und einige stießen auch ein erschrockenes Keuchen aus und landeten quietschend auf dem Hinterteil, denn sie hatten gesessen, als Themistokles sie von ihren Stühlen und Bänken weggezaubert hatte.

Themistokles wartete, bis wieder einigermaßen Ruhe eingekehrt war, dann hob er die Arme und rief mit lauter, magisch verstärkter Stimme: »Schüler von Drachenthal! Es tut mir leid, dass ich euch zu einem so traurigen Anlass zusammenrufen muss, aber es ist etwas geschehen, das keinen Aufschub duldet. Diese vier hier . . .«, er deutete nacheinander auf Feuer, Sturm, Spinne und Jarrn den Zweiten, »... haben etwas getan, das unverzeihlich ist! Sie haben ihre magischen Kräfte eingesetzt, um etwas Schlechtes zu tun. Nie, *niemals* dürft ihr eure Zauberkräfte für Schlechtes einsetzen, ganz egal wie verlockend es auch sein mag und wie sehr ihr euch im Recht fühlt! Und aus diesem Grunde – so schwer es mir selbst auch fällt – wird auch die Strafe entsprechend hart sein.«

Er hob abermals die Arme und klatschte zweimal in die Hände.

Nichts geschah. Sturm, Feuer und die beiden anderen sahen sich verwirrt an, so als erwarteten sie, dass ihnen etwas ungemein Schreckliches widerfahren müsse. Aber nichts, rein gar nichts passierte.

»Und ... jetzt?«, fragte die Spinne schüchtern.

Themistokles sagte immer noch nichts, doch nach einer Weile klappte Feuer das Maul auf – und ließ ein fast komisch anmutendes Röcheln hören. Er versuchte es noch einmal, aber weder Feuer noch Rauch erschienen. »Meine ... meine Zauberkräfte!«, keuchte er schließlich.

»Ja«, sagte Themistokles ernst. »Ich habe sie euch genommen.«

CRESSIDA COWELL
Drachenzähmen leicht gemacht
Romanauszug

Etwa drei Wochen später wachte Zahnlos auf. Fischbein und Hicks waren bei Hicks zu Hause. Sonst war niemand daheim, also beschloss Hicks die Gelegenheit zu nutzen, um in den Drachenkorb zu schauen. Er zog ihn unter seinem Bett hervor. Ein dünner blaugrauer Rauchfaden stieg aus dem Spalt unter dem Deckel hervor. Fischbein stieß einen Pfiff aus. »Er ist schon wach«, stellte er fest. »Also los.« Hicks öffnete den Korb. Der Rauch stieg jetzt in einer dicken Wolke auf und brachte Hicks und Fischbein zum Husten. Hicks wedelte den Rauch fort. Sobald seine Augen nicht mehr tränten, konnte er einen sehr kleinen Gewöhnlichen Drachen sehen, der ihn aus großen, unschuldigen grasgrünen Augen ansah.

»Hallo, Zahnlos, wie geht's?«,[*] sagte Hicks, in – wie er hoffte – korrekt ausgesprochenem Drachenesisch.

[*] Das wird natürlich anders gesprochen, nämlich: »Haaalloo, Zaahnloos, wiegedds?«, aber ich habe es für jene Leser, deren Drachenesisch nicht so gut ist, übersetzt. Bitte lesen Sie Hicks' Buch »Drachenesisch lernen«, wenn Sie eine schnelle Einführung in diese faszinierende Sprache möchten.

»Was tust du denn?«, fragte Fischbein neugierig. Drachenesisch wird nämlich mit schrillem Kreischen und knatternden Geräuschen gesprochen und klingt SEHR außergewöhnlich, wenn es von einem Menschen gesprochen wird.

»Ich spreche nur mit ihm«, murmelte Hicks verlegen.

»Du sprichst nur mit ihm???«, wiederholte Fischbein verblüfft. »Was meinst du damit, du sprichst mit ihm? Du kannst nicht mit ihm sprechen, er ist ein TIER, um Thors willen!«

»Ach, halt die Klappe, Fischbein«, erwiderte Hicks ungeduldig, »du machst ihm Angst.«

Zahnlos schnaubte und stieß einige Rauchringe hervor. Er machte seinen Hals lang, damit er größer aussah, was Drachen gerne tun, wenn sie Angst haben oder wütend sind. Schließlich brachte er den Mut auf, seine Flügel auszubreiten und auf Hicks Arm zu flattern. Er kroch hinauf zu Hicks' Schulter und Hicks wandte ihm das Gesicht zu.

Zahnlos drückte seine Stirn an Hicks' Stirn und blickte ernst und tief in Hicks' Augen. So blieben sie, Schnauze an Nase, mindestens sechzig Sekunden lang, ohne sich zu bewegen. Hicks musste oft blinzeln, denn der Blick eines Drachen ist hypnotisch und gibt einem das ungute Gefühl, dass er dir deine Seele aussaugt.

Hicks dachte gerade: Oh Mann, das ist ja Wahnsinn – ich stelle richtigen Kontakt her!, als Zahnlos sich nach unten beugte und ihn in den Arm biss.

Hicks schrie auf und schleuderte Zahnlos von sich.

»Fffissch«, zischte Zahnlos und flatterte vor Hicks auf und ab. »Wwwill Fisssch sofort.«

»Ich hab keinen Fisch«, sagte Hicks in Drachenesisch und rieb sich den Arm. Glücklicherweise hatte Zahnlos noch keine Zähne, doch Drachen haben sehr kräftige Kieferknochen, sodass es trotzdem schmerzte.

Zahnlos biss ihn in den anderen Arm. »Fffisssch!«, forderte er erneut.

»Alles in Ordnung?«, wollte Fischbein wissen. »Ich kann ja selbst nicht glauben, dass ich das frage, aber was sagt er denn?«

»Er will etwas zu essen«, antwortete Hicks und rieb sich grimmig beide Arme. Er versuchte seine Stimme fest, aber freundlich klingen zu lassen und den Drachen durch seine reine Willenskraft zu beherrschen, wie Grobian es gesagt hatte. »Aber wir haben keinen Fisch.«

»Also gut«, sagte Zahnlos. »Esse ich Katze.«

Er machte einen Satz auf Klein Tiger zu, der mit einem erschrockenen Jaulen die nächste Wand hochraste.

Hicks schaffte es gerade noch, Zahnlos am Schwanz zu packen, bevor der ihm nachfliegen konnte. Der Drache wehrte sich heftig und schrie: »Will F-f-fisch sofort! Will was essen sofort! Katzen sind lecker, will essen sofort.«

»Wir haben keinen Fisch«, wiederholte Hicks mit zusammengepressten Zähnen und merkte, wie er langsam die Geduld verlor, »und du kannst die Katze nicht essen – ich mag sie.«

Klein Tiger miaute beleidigt von einem Balken hoch oben an der Decke.

Sie brachten Zahnlos in Bärbeißers Schlafzimmer, wo einige Mäuse ihr Unwesen trieben.

Eine Weile jagte Zahnlos zufrieden hinter den verzweifelt quiekenden Mäusen her, doch dann langweilte es ihn und er begann, die Matratze zu attackieren.

»Aufhören!«, schrie Hicks, als Federn in alle Richtungen flogen.

Daraufhin spuckte Zahnlos die Überreste einer eben verspeisten Maus geradewegs in die Mitte von Bärbeißers Kopfkissen.

»Ihhgitt!«, rief Hicks.

»Ihhgitt!«, polterte Bärbeißer der Gewaltige, der im gleichen Moment das Zimmer betrat.

Zahnlos stürzte sich auf Bärbeißers Bart, den er für ein Hühnchen hielt.

»Schaff ihn weg!«, befahl Bärbeißer.

»Er gehorcht mir nicht«, antwortete Hicks.

»Dann schrei ihn richtig laut an«, schrie Bärbeißer RICHTIG LAUT.

Hicks schrie so laut er konnte. »Hör bitte auf, am Bart meines Vaters zu kauen!«

Wie Hicks vermutet hatte, achtete Zahnlos überhaupt nicht darauf.

Ich wusste ja, dass Schreien bei mir nicht funktioniert, dachte Hicks düster.

»Sofortaufdenbodenmitdirwurm!«, brüllte Bärbeißer.

Zahnlos ließ sich auf den Boden fallen.

»Siehst du?«, sagte Bärbeißer. »So geht man mit Drachen um.«

Pesthauch und Hakenzahn, Bärbeißers Jagddrachen kamen ins Zimmer. Zahnlos machte sich steif, als sie um ihn herumschlichen, ihre gelben Augen glitzerten bösartig. Jeder hatte etwa die Größe eines Leoparden und sie waren von seiner Ankunft so begeistert, wie es ein paar Riesenkatzen vielleicht von einem süßen kleinen Kätzchen wären.

»Grüß dich, Kollege«, zischte Pesthauch und beschnupperte den Neuankömmling.

»Wir müssen warten«, schnurrte Hakenzahn drohend, »bis wir alleine sind. Dann können wir dich richtig willkommen heißen.« Er versetzte Zahnlos mit einer Klaue einen bösartigen Hieb. Die Klaue ritzte Zahnlos wie ein Küchenmesser und der kleine Drache jaulte auf und sprang in Hick's Hemd, wo er sich hineinwühlte, bis nur noch sein Schwanz heraussah.

»HAKENZAHN!«, bellte Bärbeißer.

»Meine Klaue ist ausgerutscht«, winselte Hakenzahn.

»Raushierbevoricheuchzuschuhenverarbeite!«, schrie Bärbeißer und Pesthauch und Hakenzahn rannten hinaus, wobei sie gemeine Drachenflüche murrten.

»Wie ich schon sagte«, erklärte Bärbeißer der Gewaltige. »So geht man mit Drachen um.«

Bärbeißer betrachtete Zahnlos, der wieder zum Vorschein gekommen war, mit einer für ihn ungewöhnlichen Besorgnis.

»Mein Sohn«, sagte Bärbeißer, deutlich in der Hoffnung, dass hier ein Irrtum vorläge, »ist das etwa dein Drache?«

»Ja, Vater«, gab Hicks zu.

»Er ist sehr ... na ja ... er ist sehr ... KLEIN, oder?«, stellte Bärbeißer langsam fest.

Bärbeißer war nicht gerade der Aufmerksamste, doch selbst ihm konnte nicht entgehen, dass dieser Drache wirklich außerordentlich klein war.

».. . und er hat noch keine Zähne.«

Es herrschte unangenehme Stille.

Fischbein sprang rettend für Hicks ein.

»Das liegt daran, dass er zu einer ungewöhnlichen Rasse gehört«, erklärte Fischbein. »Eine einzigartige und . . . ähm . . . bösartige Spezies, genannt der Zahnlose Tagtraum, entfernt verwandt mit dem Riesenhaften Albtraum, aber weit rücksichtsloser und so selten, dass sie praktisch ausgestorben ist.«

»Tatsächlich?« Bärbeißer betrachtete zweifelnd den Zahnlosen Tagtraum. »Für mich sieht er genau wie ein Gewöhnlicher oder Felddrache aus.«

»Ahh, aber mit allem Respekt, Häuptling«, sagte Fischbein, »das täuscht. Für das ungeübte Auge und natürlich auch für seine Beute sieht er genau wie ein Gewöhnlicher oder Felddrache aus. Aber wenn man die charakteristischen Tagtraum-Kennzeichen betrachtet« – Fischbein deutete auf eine Warze an der Nase von Zahnlos – »dann hebt ihn das von der gewöhnlichen Sorte ab.«

»Bei Thor, du hast recht!«, stellte Bärbeißer fest.

»Und es ist auch nicht nur ein einfacher Zahnloser Tagtraum.« Fischbein kam jetzt so richtig in Fahrt. »Dieser Drache hier ist von königlichem Blut.«

»Ach!«, stieß Bärbeißer sehr beeindruckt hervor. Er war nämlich ein ziemlicher Snob.

»Ja«, bestätigte Fischbein ernst. »Euer Sohn hat es geschafft, den Abkömmling von König Messerzahn selbst zu stehlen, den Reptilischen Herrscher des Kliffs der Wilden Drachen. Der Königliche Tagtraum ist anfänglich sehr klein, aber er wächst sich schließlich zu einer Kreatur von eindrucksvoller – ja sogar gigantischer Größe aus.«

»Genau wie du, was, Hicks?«, sagte Bärbeißer, lachte und fuhr seinem Sohn durchs Haar.

Bärbeißers Bauch gab ein Geräusch von sich, das wie ein entferntes Erdbeben klang. »Zeit für einen kleinen Happen, denke ich. Räumt hier wieder auf, ihr zwei, ja?«

Bärbeißer entfernte sich, sehr erleichtert, dass sein Vertrauen in seinen Sohn wiederhergestellt war.

»Danke, Fischbein«, sagte Hicks. »Du warst echt unübertrefflich.«

»Nichts zu danken«, wehrte Fischbein ab. »Ich war dir was schuldig, nachdem ich dir den Kampf mit Rotznase eingebrockt habe.«

»Vater wird es sowieso irgendwann herausfinden«, meinte Hicks düster.

»Nicht unbedingt«, widersprach Fischbein. »Überleg doch mal, wie du mit dem Zahnlosen Tagtraum geredet hast. Das war unglaublich! So etwas habe ich noch nie gesehen. Du wirst ihn im Handumdrehen dressiert haben.«

»Ich habe mit ihm geredet, das stimmt«, bestätigte Hicks, »aber er hat überhaupt nicht auf mich gehört.«

Als Hicks an diesem Abend zu Bett ging, wollte er Zahnlos nicht mit Pesthauch und Hakenzahn vor dem Feuer allein lassen.

»Kann ich ihn mit ins Bett nehmen?«, fragte er seinen Vater.
»Ein Drache ist ein Arbeitstier«, erwiderte Bärbeißer der
Gewaltige. »Wenn du ihn zu oft streichelst, verliert er seine Bösartigkeit.«

»Aber Pesthauch wird ihn umbringen, wenn ich ihn mit
ihm alleine lasse.«

Pesthauch knurrte begeistert: »Es wird mir ein Vergnügen
sein.«

»Unsinn«, antwortete Bärbeißer, der die Bemerkung von
Pesthauch nicht verstand, da er kein Drachenesisch
sprach. Er tätschelte Pesthauch gutmütig zwischen den
Hörnern. »Pesthauch will nur spielen. Diese Art von rauen Spielereien ist gut für einen jungen Drachen. Da lernt
er sich zu verteidigen.«

Hakenzahn fuhr seine Klauen aus wie Springmesser und
trommelte mit ihnen gegen den Kamin.

Hicks gab vor, sich von Zahnlos am Kamin zu verabschieden, aber er schmuggelte ihn unter dem Hemd in sein
Zimmer.

»Du musst ganz still sein«, erklärte er Zahnlos streng,
während er ins Bett stieg, und der Drache nickte eifrig.
Aber dann schnarchte er die ganze Nacht unheimlich laut.
Doch Hicks störte das nicht. Hicks hatte den ganzen
Winter auf Wattnbengel in seinen verschiedenen Stadien
von »ziemlich frisch« über »sehr kalt« bis zu »total eiskalt« verbracht. Wenn man nachts zu viele Decken
brauchte, wurde man als Weichling betrachtet und so lag
Hicks meist stundenlang wach, bis er sich in einen leichten Schlaf gezittert hatte.

Doch als Hicks jetzt die Füße ausstreckte und den Rücken von Zahnlos spürte, fühlte er Hitzewellen von dem kleinen Drachen abstrahlen. Sie krochen langsam seine Beine hinauf und wärmten seinen eiskalten Bauch und sein Herz, ja sogar seinen Kopf, der seit fast sechs Monaten nicht mehr richtig warm gewesen war. Selbst seine Ohren brannten zufrieden. Es wäre das Schnarchen von sechs großen Drachen nötig gewesen, um Hicks zu wecken, so tief und fest schlief er in dieser Nacht.

Nach dem, was Hicks über Drachen wusste, war er immer noch ziemlich sicher, dass Schreien die beste Methode war, sie zu dressieren. Also versuchte er es während der nächsten Wochen mit Schreien. Er schrie laut, streng und wütend. Er sah so böse drein, wie er konnte. Doch Zahnlos nahm ihn nicht ernst.

Hicks gab das mit dem Schreien schließlich auf, als Zahnlos eines Morgens beim Frühstück einen geräucherten Lachs von seinem Teller stahl. Hicks stieß seinen heftigsten und schrecklichsten Schrei aus und Zahnlos warf ihm nur einen schelmischen Blick zu und fegte mit einem Schwung seines Schwanzes alles andere auf den Boden.

Damit hatte sich das mit dem Schreien erledigt, soweit es Hicks betraf.

»Also gut«, sagte Hicks, »ich werde es völlig anders versuchen.«

Er war so nett zu Zahnlos, wie er nur sein konnte. Er überließ ihm den bequemen Teil des Bettes und lag selbst gefährlich nah an der Bettkante.

Er fütterte ihn mit so viel Lachs und Hummer, wie Zahnlos wollte. Das tat er jedoch bloß einmal, denn der kleine Drache aß, bis ihm richtig schlecht war und er sich übergeben musste.

Er spielte stundenlang mit ihm. Er brachte ihm Mäuse zum Verspeisen, er kratzte das Stückchen zwischen seinen Stacheln am Rücken, das Zahnlos selbst nicht erreichen konnte.

Er machte das Leben dieses Drachen so sehr zum Drachenhimmel, wie er nur konnte.

Mitte Februar schließlich neigte sich der Winter auf Wattnbengel dem Ende zu und der Schnee verwandelte sich in Regen. Es war das Wetter, bei dem die Kleidung nie trocken wurde. Hicks hängte sein durchnässtes Hemd und seine Weste auf einen Stuhl vor dem Feuer, bevor er abends zu Bett ging, und am Morgen war alles immer noch nass – warm und nass zwar anstatt kalt und nass, aber immer noch NASS.

Der Boden im und um das Dorf hatte sich in knietiefen Matsch verwandelt.

»Was in Wodans Namen tust du denn da?«, fragte Fischbein, als er sah, wie Hicks ein großes Loch vor dem Haus grub.

»Ich baue eine Schlammkuhle für Zahnlos«, keuchte Hicks.

»Du verwöhnst diesen Drachen wirklich«, sagte Fischbein und schüttelte den Kopf.

»Das nennt man Psychologie, verstehst du«, antwortete Hicks. »Das ist raffiniert und spitzfindig, nicht wie das

Geschrei eines Höhlenmenschen, das du bei Horrorkuh machst.«

Fischbein hatte seinen Drachen Horrorkuh getauft. Der Teil mit dem »Horror« sollte das arme Wesen zumindest ein ganz klein wenig gefährlich klingen lassen. Der Teil mit der Kuh war völlig zutreffend, denn für einen Drachen hatte das Tier tatsächlich erstaunliche Ähnlichkeit mit einer Kuh. Es war ein großes, friedliches braunes Drachenweibchen mit einem gutmütigen Wesen. Fischbein vermutete, dass sie vielleicht sogar Vegetarierin war.

»Ich erwische sie ständig dabei, wie sie an Holz knabbert«, beschwerte er sich. »Blut, Horrorkuh, Blut solltest du wollen.«

Dennoch war Fischbein vielleicht besser im Schreien als Hicks oder Horrorkuh war gehorsamer als Zahnlos. Sie zeigte sich der Schrei-Methode gegenüber nämlich äußerst aufgeschlossen.

»Also gut, Zahnlos, es ist so weit«, sagte Hicks. »Du kannst dich im Schlamm suhlen.«

Zahnlos hörte mit seinen Versuchen, Wühlmäuse zu fangen auf, und sprang in den Schlamm. Er rollte sich zufrieden im Matsch, breitete seine Flügel aus und wühlte glücklich.

»Ich stelle eine persönliche Beziehung zu ihm her«, erklärte Hicks, »damit er dann tut, was ich sage.«

»Hicks«, sagte Fischbein, als Zahnlos ein gutes Maul voll Schlamm aufsog und es geradewegs in Hicks' Gesicht spie, »ich verstehe vielleicht nicht viel von Drachen, aber ich weiß genau, dass sie die egoistischsten Wesen auf der ganzen Welt sind. Kein Drache wird jemals aus reiner Dankbarkeit tun, was du sagst. Drachen wissen nicht, was Dankbarkeit ist. Gib es auf. Das wird niemals funktionieren.«

»Wir Drachen«, erklärte Zahnlos bereitwillig, »sind eben Überlebenskünstler. Wir sind nicht wie die schmeichlerischen Katzen oder blöden Hunde, die ihre Meister lieben und verehren. Der einzige Grund, warum wir je tun, was ein Mensch will, ist, weil er größer ist als wir und uns Fisch gibt.«

»Was sagt er?«, fragte Fischbein.

»So ziemlich das Gleiche wie du«, antwortete Hicks.

»V-v-vertrau nie einem Drachen«, sagte Zahnlos fröhlich, sprang aus der Grube und nahm sich eine der Schnecken, die Hicks für ihn gesucht hatte. (Zahnlos mochte Schnecken besonders gern. – Genau wie Nasenpopel, fand er.) »Das hat meine Mutter mich im Nest gelehrt und sie muss es doch wissen.«

Hicks seufzte. Es stimmte. Zahnlos sah niedlich aus und war eine nette Gesellschaft – wenn auch ein wenig anstrengend. Aber man musste nur in seine großen, von dichten Wimpern umgebenen Augen sehen, um zu erkennen, dass er keinerlei Gewissen hatte. Die Augen zeugten von uralter Reptilienart, es waren die Augen eines Mörders. Man konnte genauso gut einem Krokodil oder einem Hai Freundschaft anbieten.

Hicks wischte sich den Schlamm vom Gesicht.

»Ich denke, ich muss mir was anderes überlegen«, sagte er.

Der Februar ging in den März über und Hicks grübelte immer noch. Ein paar Blumen machten den Fehler, sich zu zeigen, und wurden sofort von ein paar harten Frostnächten weggeputzt, die sich genau für diesen Zweck zurückgehalten hatten.

Fischbein konnte Horrorkuh jetzt dazu bringen, auf Kommando zu fliegen oder »Sitz« zu machen. Hicks versuchte immer noch Zahnlos dazu zu bringen, stubenrein zu werden.

»Keine Häufchen in der Küche«, mahnte Hicks zum hundertsten Mal und trug Zahnlos nach einem neuerlichen »Unfall« nach draußen.

»Es ist wärmer in der Küche«, jammerte Zahnlos.

»Aber Häufchen gehören nach draußen, das weißt du«, sagte Hicks, der langsam mit seinem Latein am Ende war.

Zahnlos machte prompt auf Hicks Händen und seinem Hemd Häufchen.

»Es ist draußen, draußen, draußen«, krähte Zahnlos.. In diesem ungünstigen Augenblick kamen Rotznase und Stinker vorbei. Sie befanden sich auf dem Weg zurück vom Strand und ihre Drachen saßen auf ihren Schultern.

»Heh, kuck mal«, höhnte Rotznase, »wenn das nicht der NUTZLOSE ist, voll mit Drachenkacke. Es steht dir ehrlich gesagt ziemlich gut.«

»Ha, ha, ha«, schnaubte Stinker.

»Das ist kein Drache«, höhnte Seeschlampe, Stinkers Drache, der zur Rasse der hässlichen großen Gronckel gehörte, mit einer Mopsnase und einem bösartigen Wesen. »Das ist ein Molch mit Flügeln.«

»Das ist kein Drache«, johlte Feuerwurm, Rotznases
Drache, der so bösartig war wie sein Meister. »Das ist ein
kleines Schnuckelhäschen mit einem jämmerlichen
Scheißproblem.«

Zahnlos stieß einen wütenden Schrei aus.

Rotznase zeigte Hicks die riesige Menge von Fischen, die
er in seinen Mantel eingewickelt trug.

»Sieh dir mal an, was Feuerwurm und Seeschlampe unten
am Strand gefangen haben. Und sie haben nur ein paar
Stunden gebraucht . . .«

Feuerwurm hüstelte, spannte ein paar Muskeln an und sah
in gespielter Bescheidenheit auf seine Klauen.

»Oh, bitte«, meinte er lang gezogen. »Ich habe mich ja
nicht einmal konzentriert. Wenn ich mir Mühe gegeben
hätte, hätte ich das in zehn Minuten geschafft, und zwar
mit einem Flügel auf den Rücken gebunden.«

»Entschuldige bitte, aber ich glaube, ich muss mich gleich
übergeben«, murrte Zahnlos zu Horrorkuh, die Feuerwurm aus ihren großen braunen Augen sehr missbilligend
betrachtete.

»Wir denken, dass Feuerwurm eine richtige Jagd-Legende
wird«, grinste Rotznase. »Ich habe gehört, dass Horrorkuh
was für Karotten übrig hat . . . Hat das Zahnlose Wunder
schon den Mut aufgebracht, ein Gemüse anzugreifen? Karotten sind ja ein wenig hart, aber vielleicht schafft er ja wenigstens eine alte, weiche Gurke . . . Du könntest sie ihm
natürlich auch mit einem Strohhalm verabreichen . . .«

»Ha, ha, ha.« Stinker lachte so heftig, dass ihm Rotz aus
der Nase lief.

»Pass auf, Stinker«, sagte Fischbein höflich, »dein Gehirn macht sich selbstständig.«

Stinker verhaute ihn und ging dann mit Rotznase weiter. Feuerwurm gab Zahnlos im Vorbeigehen einen Klaps, der diesen fast ein Auge gekostet hätte.

Sobald sie außer Hörweite waren, sprang Zahnlos von Hicks' Arm und spie drohend ein paar Flammen.

»Angeber! Schmerbäuche! Kommt nur her und Zahnlos wird euch grillen! Zahnlos wird euch die Gedärme herausreißen und damit spielen! Zahnlos wird . . . Zahnlos wird . . . Zahnlos wird . . . also, ihr kommt lieber nicht näher, das ist alles.«

»Oh, sehr tapfer, Zahnlos«, meinte Hicks sarkastisch. »Wenn du noch ein wenig lauter brüllst, könnten sie dich vielleicht sogar hören.«

Der März ging in den April über und der April in den Mai. Nach Feuerwurms Bemerkung über das jämmerliche Häschen machte Zahnlos nie mehr in der Küche Häufchen. Aber in seiner sonstigen Dressur hatte Hicks keine weiteren Fortschritte erzielt.

Es regnete immer noch, aber es war ein warmer Regen. Der Wind wehte, aber er war weniger heftig. Man konnte zumindest draußen aufrecht stehen bleiben.

Die Möwen schlüpften aus den Eiern oben am Felsen und die Möweneltern flogen stets knapp über Hicks und Fischbein hinweg, wenn die beiden zum Üben an den Langen Strand kamen.

»Töte, Horrorkuh, töte«, sagte Fischbein zu Horrorkuh,

die gelassen auf seiner Schulter saß. »Du könntest diese Möwe dort zum Frühstück haben, sie ist doch nicht mal halb so groß wie du ... Ehrlich, Hicks, ich gebe auf. Ich weiß nicht, wie ich diesen Teil der Prüfung bestehen soll. Horrorkuh hat einfach keinen Killerinstinkt. Sie würde in der Wildnis nie überleben.«

Hicks lachte traurig. »Du denkst, du hättest Probleme? Zahnlos und ich, wir werden gleich zu Anfang durchfallen.«

»So schlimm kann es doch gar nicht sein«, erwiderte Fischbein.

»Dann pass mal auf«, sagte Hicks.

Die Jungen begannen mit dem grundlegendsten Befehl von allen: »Los!« Dabei schrie der Besitzer das Kommando so laut wie möglich, während er gleichzeitig den Arm hob, um den Drachen in die Luft zu schleudern. Der Drache sollte dabei sofort vom ausgestreckten Arm losfliegen, sobald der Arm oben war. Horrorkuh gähnte, kratzte sich und flatterte langsam und vor sich hin grummelnd davon.

Zahnlos war allerdings noch weniger gehorsam.

»Los!«, schrie Hicks und hob den Arm. Zahnlos klammerte sich fest.

»Ich sagte LOS!«, wiederholte Hicks frustriert.

»W-w-warum los?«, fragte Zahnlos zitternd und klammerte sich noch stärker fest.

»Weil eben! Also los, los, los!!!«, schrie Hicks und schleuderte seinen Arm panisch umher, während Zahnlos sich daran festklammerte, als ginge es um sein Leben.

Zahnlos blieb auf dem Arm.

»Zahnlos«, redete ihm Hicks vernünftig zu. »Bitte flieg los, wenn ich es sage. Wenn du nicht langsam das tust, was ich dir sage, werden wir beide ins Exil geschickt.«

»Aber ich will nicht los«, erklärte Zahnlos genauso vernünftig.

Fischbein sah dem Ganzen in entsetztem Erstaunen zu. »Du hast tatsächlich echte Probleme«, bestätigte er beeindruckt.

»Genau«, sagte Hicks. Schließlich schaffte er es, die Klauen von Zahnlos zu lösen, als dieser seinen Griff für einen Moment gelockert hatte, und schob ihn von sich. Zahnlos landete mit einem wütenden Quieken auf dem Sand und klammerte sich sofort an Hicks' Bein. Zur Unterstützung schlang er auch noch die Flügel um Hicks' Wade.

»Will nicht los«, sagte Zahnlos stur.

»Schlimmer als jetzt kann es nicht werden«, stellte Hicks fest. »Also werde ich eine neue Taktik ausprobieren.«

Er holte das Notizbuch heraus, in dem er alles, was er über Drachen wusste, aufgeschrieben hatte, falls er es irgendwann einmal bräuchte. »Motivation von Drachen . . .«, las Hicks laut. »1. Dankbarkeit.« Hicks seufzte. »2. Furcht. Das funktioniert, aber ich kann es nicht anwenden. 3., 4., 5., Gier, Eitelkeit und Rache. All das werde ich jetzt mal probieren. 6. Witze und Rätsel. Nur wenn ich völlig verzweifelt bin.«

»Das klingt jetzt vielleicht komisch«, meinte Fischbein seufzend, »aber diesmal muss ich ausnahmsweise einmal Grobian recht geben. Warum schreist du nicht einfach nur ein wenig lauter?«

Hicks hörte ihm gar nicht zu.

»Also gut, Zahnlos«, sagte Hicks zu dem kleinen Drachen, der vorgab zu schlafen, während er sich an Hicks' Bein festhielt. »Für jeden Fisch, den du mir fängst, werde ich dir zwei Hummer geben, wenn wir zu Hause sind.« Zahnlos öffnete die Augen. »L-l-lebendig?«, fragte er interessiert. »D-d-darf Zahnlos sie töten? B-b-bitte? Nur dieses eine Mal?«

»Nein, Zahnlos«, entgegnete Hicks entschieden. »Ich sage dir ständig, dass es nicht nett ist, Wesen zu quälen, die kleiner sind als du selbst.«

Zahnlos schloss wieder die Augen. »Du bist so l-l-langweilig«, sagte er schmollend.

»Du bist so ein schlauer, schneller Drache, Zahnlos«, schmeichelte ihm Hicks, »ich wette, du könntest an Thors Tag mehr Fische fangen als alle anderen, wenn du nur wolltest.«

Zahnlos öffnete die Augen, um die Sache zu überdenken. »D-d-doppelt so viele«, sagte er bescheiden. »Aber ich w-will nicht.«

Was sollte man darauf sagen? Hicks strich Eitelkeit von seiner Liste.

»Erinnerst du dich noch an diesen großen roten Drachen namens Feuerwurm, der so gemein zu dir war?«, sagte Hicks.

Zahnlos spie wütend auf den Boden.

»S-s-sagte, ich sei ein Molch mit Flügeln. S-s-sagte, ich sei ein zuckersüßes Häschen. Z-z-zahnlos wird ihn umbringen. Zahnlos wird ihn zu Tode kratzen. Z-z-zahnlos wird . . .«

»Ja, ja, ja«, unterbrach Hicks hastig. »Dieser Feuerwurm und sein Meister, der aussieht wie ein Schwein, denken, dass Feuerwurm an Thors Tag mehr Fische fangen wird als alle anderen. Überleg doch mal, wie dumm sie dastehen werden, wenn du an seiner Stelle den Preis für den vielversprechendsten Drachen gewinnen wirst.«

Zahnlos ließ Hicks' Bein los. »Ich w-w-werde darüber nachdenken«, sagte Zahnlos. Er ging ein paar Schritte und dachte nach.

Fünf Minuten später dachte er immer noch nach. Er stieß ab und zu ein komisches Kichern aus, doch jedes Mal, wenn Hicks fragte: »Also, was meinst du denn nun?«, erwiderte er lediglich: »D-d-denke immer noch nach. Geh weg.«

Mit einem Seufzer strich Hicks auch Rache durch.

»Also gut«, sagte Fischbein, der über Hicks' Schulter blickte. »Du hast alles andere probiert. Wie ist es denn nun mit Witzen und Rätseln? Ich könnte mir vorstellen, dass du jetzt doch verzweifelt bist.«

»Zahnlos«, sagte Hicks. »Wenn du mir eine hübsche, große Makrele fängst, wirst du der schlaueste und schnellste Drache auf Wattnbengel sein UND du wirst diesen Feuerwurm in den Schatten stellen UND du wirst all die Hummer bekommen, die du essen kannst, wenn wir nach Hause kommen, UND ich werde dir einen richtig guten Witz erzählen.«

Zahnlos drehte sich um. »Z-z-zahnlos liebt Witze.« Er flatterte wieder auf Hicks' Arm. »Also gut. Zahnlos hilft dir. A-a-aber nicht, weil ich nett bin oder so was Doofes . . .«

»Nein, nein«, sagte Hicks. »Natürlich nicht.«

»W-w-wir Drachen sind grausam und gemein. Aber wir lieben Witze. Erzähl ihn mir sofort.«

Hicks lachte. »Auf keinen Fall. Erst NACHDEM du mir eine Makrele gebracht hast.«

»Also gut«, sagte Zahnlos. Er flog von Hicks' Arm hoch in die Luft.

Ein Drache auf Jagd ist ein sehr eindrucksvoller Anblick, selbst wenn es nur so ein kümmerlicher Nachwuchs wie Zahnlos ist. Er flog auf seine übliche flatterhafte Art über den Strand und kreischte unterwegs den kleinen Kormoranen ein paar Beleidigungen zu. Aber sobald Zahnlos das Meer erreicht hatte, schien er ein wenig zu wachsen. Das Meersalz weckte in ihm so etwas wie instinktive Erinnerung an die großen jagenden Monster, die seine Vorfahren waren. Er breitete seine Flügel aus und flog ziemlich geschickt über die schäumenden Wellen hinweg, während er nach Fischen Ausschau hielt. Dann stieg er in Kreisen hoch in den Himmel, bis er so weit oben war, dass Hicks, der am Strand den Kopf in den Nacken legte, ihn nur noch als winzigen Punkt sehen konnte. Dann ging Zahnlos in den Sturzflug. Er legte die Flügel an die Seiten und stürzte wie ein Stein vom Himmel.

Er tauchte ins Wasser ein und blieb für eine ganze Weile verschwunden. Drachen können mindestens fünf Minuten unter Wasser bleiben und Zahnlos wurde da unten ziemlich abgelenkt. Er konnte sich nicht entscheiden, welcher Fisch der größte war, und jagte erst hinter dem einen und dann hinter dem anderen her.

Hicks war es inzwischen langweilig geworden und er suchte nach Austern, als Zahnlos triumphierend mit einer kleinen Makrele die Wasseroberfläche durchbrach.

Er ließ die Makrele zu Hicks' Füßen fallen, vollführte drei Purzelbäume nacheinander und landete auf Hicks' Kopf.

Dort stieß er den Triumphschrei der Drachen aus, der ein wenig nach Hahnenschrei klingt, aber viel lauter und selbstzufriedener.

Dann beugte er sich vor – kopfüber – und starrte in Hicks' Augen.

»Jetzt erzähl mir den W-w-witz«, forderte er.

»Flossenschlag und abgetaucht!«, rief Hicks aus. »Er hat es geschafft. Er hat es wirklich geschafft.«

»Erzähl mir jetzt den W-w-witz«, forderte Zahnlos erneut.

»Was ist schwarz und weiß und trotzdem überall rot?«, fragte Hicks.

Zahnlos wusste es nicht.

»Ein Pinguin mit Sonnenbrand«, erklärte Hicks.

Es war ein sehr, sehr alter Witz, aber anscheinend hatten sie ihn am Kliff der Wilden Drachen noch nicht gehört.

Zahnlos fand ihn wahnsinnig komisch.

Er flog los, um noch mehr Fische zu fangen, damit er mehr Witze zu hören bekam.

Es war ein sehr unterhaltsamer Nachmittag. Der Regen hörte auf, die Sonne schien und Zahnlos machte sich bei der Jagd gar nicht so schlecht. Er hatte einige Fische gefangen und irgendwann zog er los, um auf den Klippen Hasen zu jagen. Aber als Hicks ihn rief, kam er schließlich zurück, und nach ein paar Stunden hatte er insgesamt sechs Makrelen mittlerer Größe und einen Hundshai gefangen.

Alles in allem war Hicks recht zufrieden.

»Schließlich«, sagte er zu Fischbein, »ist es ja nicht so, als ob ich den Preis für den vielversprechendsten Drachen gewinnen will oder so was. Ich will ja nur zeigen, dass Zahnlos mir gehorcht und obendrein noch ein paar Fische fängt. Im Vergleich zu Rotznase und seinem Albtraum von Jagdlegende werden wir ziemlich dumm dastehen, aber zumindest werden wir die Reifeprüfung bestehen.«

Und das Allerbeste war: Als Zahnlos die letzte Makrele auf den Stoß vor Hicks fallen ließ, sah Fischbein etwas im Unterkiefer des Drachen schimmern.

»Zahnlos hat seinen ersten Zahn!«, rief Fischbein.

Es schien ein sehr gutes Omen zu sein.

Als sie sich auf den Heimweg machten, kamen sie an Alt Faltl vorbei, der auf einem Felsen saß und ihnen die letzten Stunden zugesehen hatte.

»Sehr beeindruckend«, meinte Alt Faltl, als die Jungen ihm die Fische zeigten.

»Wir glauben, dass Hicks den letzten Teil der Reifeprüfung an Thors Tag doch bestehen wird«, sagte Fischbein aufgeregt.

»Dann machst du dir also immer noch Sorgen wegen dieser albernen kleinen Prüfung, ja, Hicks?«, stellte Alt Faltl fest. »Es gibt wichtigere Dinge, weißt du. Zum Beispiel, dass sich ein unglaublicher Sturm zusammenbraut. Er dürfte uns in etwa drei Tagen erreichen.«

»Alberne kleine Prüfung?«, wiederholte Fischbein empört. »Was meint Ihr mit alberne kleine Prüfung??? Die Feier an Thors Tag ist das größte Ereignis des Jahres. JEDER von Rang und Namen wird dort sein, alle Räuberischen Raufbolde UND die Dickschädel. Außerdem mag Euch das vielleicht nicht wichtig erscheinen, aber jeder, der diese lächerliche kleine Prüfung nicht besteht, wird aus dem Stamm ausgeschlossen und den Kannibalen überlassen oder etwas ähnlich Gemeines.«

»Ich werde mich Hicks der Nützliche mit seinem Drachen Zahnvoll nennen«, sagte Hicks strahlend. »Das ist mir gerade eingefallen. Es ist solide, nicht zu angeberisch, und diesem Namen werden wir auch noch entsprechen können.«

»Hicks' Drache hat endlich die Kurve gekriegt und ein paar Fische gefangen«, erklärte Fischbein und deutete auf Zahnlos, der sich mit einer Klaue in der Nase bohrte. »So unglaublich es scheinen mag, Hicks könnte diese Prüfung doch noch bestehen.«

»Oh, ich denke, es ist so gut wie sicher«, sagte Alt Faltl und sah zu Zahnlos, der jetzt versuchte zu schielen und dabei umkippte.

»So gut wie«, wiederholte Alt Faltl nachdenklich.

Die Jungen gingen nach Hause, Zahnlos folgte ihnen jammernd. »Oh, t-t-trag mich, trag mich . . . das ist nicht g-g-gerecht . . . meine Flügel tun weh . . .«

Aus dem Englischen von Angelika Eisold-Viebig

CATHARINA MARZI

Lynn-ya, die Drachen und ich

Lynn-ya, wir haben kein Fett mehr. Ich kann die Süßsauerbällchen nicht braten ohne Fett«, sagte ich.

Es war ein Sonntag. Ich war bei meiner Freundin Lynn-ya.
Sie ist schon zwölf, ich bin erst elf. Ihren Eltern gehört
»Poung's Perle«, ein Restaurant mit Drachen und chinesi-
schen Nudeln, Hummerkrabben, Süßsauerbällchen, Peking-
enten und, und, und ... Ab und zu halfen Lynn-ya und ich
dort aus, immer dann, wenn eine der Köchinnen fehlte oder
krank war. Das war eine gute Gelegenheit für uns, das Ta-
schengeld ein wenig aufzubessern. So auch an diesem Tag.

»Unten in der Schublade haben wir noch Fett«, antwortete Lynn-ya.

Durch die Küche (die richtig groß war) konnte man die
essenden Leute sehen (durch ein kleines rundes Fenster in
der Wand).

Gerade betrat ein Mann das Restaurant. Er schaute sehr
grimmig drein und wirkte hungrig und ungeduldig. Er
trug ein buntes, hässliches Hemd mit Streifenmuster und
eine Krawatte.

Fünf Minuten nachdem er bestellt hatte, beschwerte er
sich darüber, was für ein lahmer Service hier herrschte.

Die Bedienungen gaben sich alle Mühe. Sie schnitten Grimassen, lächelten, jonglierten mit Bällen und Tellern und Fleischbällchen. Sie stellten sich sogar ungeschickt an und tanzten einen verrückten Tanz vor dem Mann.

Ich hatte schon oft dort ausgeholfen und wusste, dass die Bedienungen freundlich waren. Doch irgendetwas kam mir komisch an der Sache vor: Freundlich sein war ja gut und schön – aber das da war nicht mehr normal!

Ich muss der Sache auf den Grund gehen, dachte ich. Das machen die Bedienungen doch bestimmt nicht nur zum Spaß?

»Sonja, die Bällchen brennen an«, unterbrach Lynn-ya meine Gedanken.

»Oh, äh, ja klar, die Bällchen«, antwortete ich. Ich fischte die Bällchen aus dem heißen Fett und ließ sie auf einen Teller plumpsen. »Wann werden wir abgelöst?«, fragte ich.

»In zehn Minuten«, sagte Lynn-ya.

»Können wir dann hoch zu deiner Großmutter?«, fragte ich.

»Ja klar«, antwortete Lynn-ya.

»Ich geh nur mal kurz nach draußen«, sagte ich zu ihr.

»Alles okay?«

»Nur frische Luft schnappen.«

Lynn-ya machte zwei Teller mit Süßsauerbällchen und Nudeln für Tisch zwölf fertig.

Ich ging raus vors Restaurant, wo ich der Sonne entgegenblinzelte. Eine Weile vergaß ich fast, dass ich bald wieder zurückmusste. Ich schaute mir die beiden Drachen vor der Tür an, die aus Plastik waren (glaube ich) und die seltsamerweise mit jedem Blick echter aussahen. Da! Hatte der eine sich nicht gerade bewegt?

»Das bildest du dir nur ein«, sagte ich laut zu mir selbst, obwohl ich mir in der Hinsicht nicht so sicher war. Ich schüttelte den Kopf. Es ist wohl besser, wenn ich jetzt reingehe, dachte ich.

Also ging ich rein.

»Du, Lynn-ya«, sagte ich zu ihr, als ich wieder in der Küche war. »Kann ich dich was fragen?«

»Klar.«

»Warum machen die Bedienungen immer so einen Aufstand, wenn jemand schlecht gelaunt ist?«, fragte ich sie.

»Ah, da kommt die Ablösung«, sagte Lynn-ya und begrüßte die beiden Frauen, die die Küche betraten. »Komm, wir gehen hoch in mein Zimmer.«

Wir banden unsere Schürzen ab und wuschen uns die Hände. Dann gingen wir in Lynn-yas Zimmer hinauf, das, wie immer, tipptopp aufgeräumt war. In den Regalen stapelte sich alles bis unter die Decke, aber superordentlich: Bücher, Hefte, Spiele, Sammelfiguren, und alles nach Feng-Shui. Lynn-ya hatte mir erklärt, was Feng-Shui ist, doch ich verstand es immer noch nicht richtig.

»Alles muss ordentlich sein. Und irgendwie richtig dastehen. Wenn das so ist, dann ist es Feng-Shui.«

Wie gesagt – so richtig verstanden hatte ich es nicht.

»Komm, lass uns Monopoly spielen«, sagte Lynn-ya. Sie nahm das Brettspiel aus einem der Stapel. »Wer verliert, der muss dem Chefkoch die scharfe Soße überkippen.«

Das war natürlich nur ein Witz.

»Das kannst du mir nicht antun!«, sagte ich zu ihr und tat so, als ob ich verzweifelt wäre.

Und so spielten wir Monopoly.

Es war wie jedes Mal: Sie gewann haushoch.

»Was machen wir jetzt?«

»Jetzt können wir zu meiner Großmutter gehen«, schlug Lynn-ya vor.

»Gute Idee«, sagte ich.

So gingen wir zur alten Frau Poung, die oben unter dem Dach wohnte.

»Hallo, Lynn-ya! Hallo, Sonja! Wie geht es euch beiden?«

»Ach, gut, Großmutter Poung«, sagte Lynn-ya.

»Ich habe ein neues Orakel erfunden«, sagte die Großmutter. Orakel sind so etwas, mit dem man die Zukunft voraussagen kann. Das hat Lynn-ya mir mal erklärt. Und tja ... vielleicht sollte ich an dieser Stelle erwähnen, dass die Großmutter ständig neue Orakel erfindet, und sie dann auch ausprobiert. »Bei diesem Orakel wirft man Reiskörner auf ein weißes Blatt und verbindet Punkte.«

Klang ja interessant.

Großmutter Poung zeigte, wie es ging.

Dabei tranken wir Tee. Ganz schön viel Tee.

»Ich geh mal kurz auf die Toilette«, sagte ich nach einer Weile zu Lynn-ya.

»Der Tee?«

Ich lächelte und nickte.

»Du kennst ja den Weg«, sagte Großmutter Poung und warf die Reiskörner noch mal in die Höhe.

Lynn-ya musste sich das Orakel ein drittes Mal antun.

Und ich ging die Treppe hinunter zu den Toiletten.

Habe ich schon erwähnt, dass es nur drei Toiletten im Haus gab? Eine für die Angestellten und zwei für die Gäste. Ich zog es vor, die der Gäste zu benutzen. Die war meistens sauberer.

Ich ging in eine der Kabinen und schloss die Tür hinter mir.

»Ahhhhh!«

Ich zuckte zusammen.

Das war doch ein Schrei gewesen! Er kam aus der Herrentoilette.

Hm ... normalerweise gehört es sich ja nicht, dass ich als Mädchen in die Herrentoilette gehe, aber in diesem Fall ... wenn jemand so grässlich schrie ... Etwas Schlimmes musste passiert sein.

Doch was?

Langsam ging ich zur Tür der Herrentoilette.

Ich war schon ab und zu da gewesen. Immer dann, wenn vor der Damentoilette eine lange Schlange gewesen war.

Vorsichtig ging ich weiter.

Ich drückte die Tür auf und staunte. Im Herrenklo sah es anders aus als sonst. Da war eine Tür, die eigentlich nicht existierte. Wie eine dritte Kabine, so sah sie aus. Aber es gab nur zwei Kabinen, das wusste ich. Ich wusste auch, dass es falsch war, die Tür aufzumachen, doch meine Neugier war zu groß.

Ich machte die Tür auf und musste mir auf die Zunge beißen, damit ich nicht laut losschrie.

Schleim, überall war Schleim. Auf dem Boden und an den Wänden, einfach überall.

Und in dem Schleim lag der Fetzen eines bunten Hemdes.

Das Hemd, das der mies gelaunte Gast von vorhin angehabt hatte!

Oje!

Die Krawatte lag hinter dem Klo.

Abhauen!, dachte ich.

Und rannte die Treppe hinauf, so schnell es nur ging, schnell, schnell, schnell, zu Lynn-ya und der Großmutter.

»Lynn-ya, unten in der Toilette ist alles voller Schleim. Sieht wie Spucke aus.« Ich erzählte ihr von dem Hemd.

Ein grüner Schimmer leuchtete in Lynn-yas Augen. »Was weißt du?«, fragte sie und wirkte plötzlich wütend.

»Was soll ich wissen?«, fragte ich.

»Ist dir heute irgendwas aufgefallen?«, fragte Lynn-yas Großmutter.

»Na ja, also eigentlich nicht viel . . .«, sagte ich.

»Red nicht um den heißen Brei herum«, sagte Lynn-ya ganz laut. So kannte ich sie gar nicht. Auch Großmutter Poung war auf einmal ganz seltsam. Sie waren beide richtig . . . sauer!

»Also, ehrlich gesagt, vorm Restaurant hatte ich den Eindruck, als hätte sich ein Drache bewegt und, na ja, deine Großmutter lächelt nicht so viel wie sonst und da ist Schleim auf dem Klo«, sagte ich.

»Na also, geht doch«, sagte Lynn-ya, »du weißt ja doch was.«

»Lynn-ya, was geht hier vor?« Ich hatte Angst, ich wusste ja nicht, was jetzt kam.

»Komm mit«, sagte Lynn-yas Großmutter.

Ich folgte ihr, weil ich keine Ahnung hatte, was passieren würde, aber heute, wenn ich zurückreisen würde in diese Zeit, dann würde ich auf der Stelle umkehren und weglaufen.

Wir gingen in den Keller.

Großmutter Poung, Lynn-ya . . . und ich.

Unten waren viele Räume und Korridore.

Und irgendwo eine Tür, die ich nicht kannte. Neben dem Heizungskeller, wo es warm war. Dort gingen wir rein.

Ich traute meinen Augen nicht!

Da war ein Raum, riesengroß. Und da waren Drachen. Sieben chinesische Drachen. Einige von ihnen sahen aus wie die Drachen vorm Restaurant, sie waren etwas pummelig und hatten braune Augen. Es gab aber auch noch eine andere Sorte Drachen, die waren groß gebaut, muskulös und hatten eine grüne Haut.

»Was machen die hier?«, fragte ich.

Die Drachen schauten uns an.

»Sollen wir es ihr sagen?«, fragte Lynn-ya.

»Sie hat alles gesehen«, sagte ihre Großmutter. »Wir müssen es ihr sagen.«

»Willst du wirklich die Wahrheit wissen?«, fragte Lynn-ya.

»Ja!«, antwortete ich entschlossen.

Die Drachen schnupperten.

»Also draußen, vorm Restaurant, da sind doch die Drachen, die vor jedem Chinarestaurant stehen. Die Drachen am Eingang und die Drachen, die du hier siehst . . . sie beschützen uns. Aber sie hassen es, wenn man schlecht gelaunt ist.«

»Das ist das Problem«, sagte Großmutter Poung.

»Sie wollen nun mal jeden, der keine gute Laune hat, fressen.«

»Die Drachen bringen uns Glück. Aber Leute, die schlecht gelaunt sind, sind nicht gut für das Glück.«

»Darum versuchen die Bedienungen auch, die Leute aufzumuntern.«

Jetzt verstand ich das seltsame Verhalten der Bedienungen.

»Das hier ist unsere Drachenzucht«, sagte Lynn-ya. »Jedes chinesische Restaurant hat mindestens einen Drachen, der sich um alles kümmert. Wir haben vor, mehrere Restaurants zu eröffnen, mit verschiedenen Drachen in verschiedenen Städten . . . aber es ist schwierig, die Drachen zu erziehen. Manchmal fressen sie die mies gelaunten Gäste auf. Wir haben ihnen das noch nicht richtig abgewöhnen können.«

»Wie den Mann, der sich beschwert hat?« Ich dachte an das bunte Hemd und die Krawatte hinter dem Klo.

»Ja, der war echt mies gelaunt gewesen.«

»Sie haben ihn wirklich aufgefressen?«

Lynn-ya sagte nur: »Dabei haben sich die Bedienungen so eine Mühe gegeben. Du hast es doch gesehen. Wenn er nur einmal gelächelt hätte, dann wäre es gut gewesen. Aber . . .«

»Es ist komplizierter«, sagte die Großmutter.

»Wie meinen Sie das?«

»Ich sage es dir.« Lynn-ya sah irgendwie blass aus. »Nach einer Weile spucken die Drachen die Menschen, die sie gefressen haben, wieder aus. Sie lächeln dann zwar, sind aber wie Puppen, die keinen eigenen Willen haben. Irgendwie wird ihr Wille im Drachenmagen verdaut. Oder so. Ich weiß auch nicht genau . . .«

»Das sind die Gäste, die nicht mehr wiederkommen«, sagte Großmutter Poung.

»Na, wenigstens haben sie all das vergessen, was ihnen im Drachenmagen passiert ist.«

»Was passiert ihnen denn?«

»Keine Ahnung. Wenn die Drachen sie wütend herauswürgen, dann grinsen sie einfach nur. Sie lächeln, ja, aber es sieht gruselig aus. Manchmal sehe ich sie auf der Straße. Sie grinsen dann immer noch. Und du weißt ja, dass man Menschen, die andauernd grinsen, nicht trauen kann.«

»Ja, ja, so ist das. Aber jetzt weißt du wenigstens, weshalb wir im Restaurant immer lächeln«, sagte Großmutter Poung. »Nur wenn wir immer lächeln, bringen die Drachen uns Glück.«

»Wenn sie eine Bedienung fressen, dann ist die nachher nicht mehr zu gebrauchen. Sie lächelte zwar andauernd, aber sie kann nicht mehr richtig bedienen.«

»Ja, ja, so ist das«, sagte Großmutter Poung.

Einer der Drachen kam auf mich zu. Ich lächelte ihn an und er ließ sich den Kopf streicheln.

»Du kannst gut mit ihnen umgehen«, sagte Lynn-ya. »Du kannst uns helfen, sie so zu erziehen, dass sie nicht immer jeden Gast fressen, der mies gelaunt ist.«

Ich streichelte den Drachen und dachte: Warum nicht?!

»Ich kann's versuchen«, sagte ich.

Lynn-ya und Großmutter Poung waren froh, dass ich ihr Geheimnis nicht verraten würde.

»Jetzt bist du eine von uns«, sagte Lynn-ya und lachte, diesmal richtig froh.

»Wir sind Freundinnen«, sagte ich.

»Freundinnen«, sagte Lynn-ya.

»Und Drachenmädchen.«

»Ja, und Drachenmädchen.«

Und seit diesem Tag mache ich statt Küchendienst dreimal die Woche Drachendienst. Ich kann nett lächeln und die Drachen haben schon seit einigen Wochen keinen Gast mehr gefressen (das mit dem Herauswürgen ist wirklich nicht lecker, ich hab's einmal mit angesehen und ... na ja, wie gesagt: wirklich wenig lecker). Vielleicht schaffen wir es ja, dass die Drachen sanfter werden.

So jedenfalls habe ich das Geheimnis meiner Freundin Lynn-ya erfahren. Das Geheimnis ihrer Familie. Das Geheimnis des Chinarestaurants. Und ich weiß jetzt, wie wichtig es ist zu lächeln. Denn man weiß nie, ob Drachen in der Nähe sind. Denkt daran, wenn ihr das nächste Mal mies gelaunt seid, weil die Bällchen süßsauer zu kalt sind oder die Soße zu den Hummerkrabben fehlt. Seid einfach vorsichtig. Lächelt, das ist ganz wichtig. Denn die Drachen merken alles. Wirklich. Ich hab's gesehen.

Catharina Marzi, die Autorin dieser Geschichte, ist elf Jahre alt.

KIRSTEN KONRADI

Wir von der Drachenschutzbehörde

Dieser Beruf ist nur was für Menschen mit guten Nerven. Sie ahnen ja gar nicht, was mir in meinen zwanzig Berufsjahren schon alles untergekommen ist. Wie die Leute ihre Drachen halten – mitunter wird's einem da ganz anders.

Ich bin jetzt schon so lange bei der Drachenschutzbehörde, aber immer wenn man denkt, jetzt kann einen nichts mehr erschüttern, dann kommt's noch mal knüppeldick. Gerade letzte Woche hatten wir wieder so 'nen Fall. Ein anonymer Anruf von einem Nachbarn, so fängt's immer an. Kaum jemand traut sich, seinen Nachbarn direkt anzuzeigen, aber meistens steht dann heimlich einer hinter der Gardine und lacht sich ins Fäustchen, wenn wir kommen. An die armen Drachen denkt eigentlich kaum jemand, es geht immer nur darum, dem Nachbarn eins auszuwischen.

Also, letzte Woche: Ein Anruf, die Zentrale notiert sich die Adresse und wir rücken aus. Als wir bei dem Haus ankommen, ist keiner da. Von den Nachbarn will keiner was wissen und angerufen hat natürlich auch wieder niemand. Wir also zum Haus zurück und da hören wir das arme

Tierchen auch schon schreien. Mein Kollege und ich sehen uns nur an und da tritt er auch schon die Tür ein. Das gibt zwar immer Ärger mit der Dienstaufsichtsbehörde, aber es geht manchmal schließlich um Leben oder Tod. Und wenn so ein ausgewachsener Drache mit dem Tod kämpft, tut man besser schnell was, bevor die halbe Wohnung zu Bruch geht. Meistens sind die Leute dann schon dankbar, wenn nur die Tür eingetreten ist.

Wir also rein in die Wohnung. Ich weiß nicht, was die Leute sich dabei gedacht haben, das Tier in einem Käfig zu stecken. Auf jeden Fall aber ist es völlig außer Rand und Band, tobt, schreit und knallt in seinem viel zu engen Gefängnis von einer Stange gegen die andere.

Ich frage mich immer wieder, warum sich die Leute keines der Handbücher kaufen, in denen jede Drachenart mit genauen Haltebedingungen beschrieben ist, denn dann wüssten sie, dass man einen Feuerdrachen niemals in einem Käfig halten darf, egal wie geräumig er auch ist. Der braucht eine Voliere, aber das scheint keinen zu interessieren.

Wir haben das Tier also befreit und ich kann Ihnen sagen, das war im allerletzten Augenblick, bevor er den Käfig hätte sprengen können und auf die Wohnungseinrichtung losgegangen wäre.

Aber es kann auch passieren, dass das Gegenteil eintritt und der Drache total verkümmert. Bei einem anderen Fall in der Woche davor hat das arme Tierchen schon gar nicht mehr richtig Feuer spucken können, sondern nur noch ganz trübselig ein bisschen vor sich hin gequalmt und kleine Rauchringe gepufft. Wir haben ihn gleich den Experten übergeben, aber die sind sich nicht sicher, ob sie ihn jemals wieder hinbekommen.

Und das war noch lange nicht der traurigste Fall, den wir erlebt haben.

Ganz schrecklich ist es zum Beispiel, wenn wir zur Ferienzeit die ausgesetzten Drachen von den Autobahnraststätten aufsammeln müssen. Das sind dann immer die, die für die lieben Kleinen unter dem Weihnachtsbaum gelegen haben. Aber dann stellen die Familienmitglieder auf einmal fest, dass sie gar keine Zeit haben, das Tier Gassi fliegen zu lassen, oder keine Lust, den ganzen Dreck und die Schwefelreste wegzuräumen. Und spätestens nach einem halben Jahr müssen die Tiere dann einem neuen Spielzeug weichen, das nicht so viel Pflege braucht. Da scheint der Sommerurlaub wohl eine günstige Gelegenheit zu sein, das ungeliebte Tier loszuwerden.

Ich sage es immer wieder: Drachen gehören nicht unter den Weihnachtsbaum. Schon allein wegen der Feuergefahr.

Aber oft werden die Tiere auch einfach nur so ausgesetzt, unabhängig von der Ferienzeit. Der *Draco Insulsus* (unter uns von der Drachenschutzbehörde auch der »Langweiler« genannt) sieht ja, wenn er jung ist, genau so aus wie der *Draco Repertor,* der der reinste Entertainer ist. Wenn Sie den richtig behandeln und trainieren, bringt der Ihnen auch die Pantoffeln und die Zeitung ans Sofa. Aber wenn sich irgendwann herausstellt, dass die Leute das falsche Tier haben (ich frage mich auch, was die Züchter denen immer erzählen, denn *die* können die Tiere sehr wohl voneinander unterscheiden – aber ein *Insulsus* bringt natürlich nicht einmal halb so viel Geld wie ein *Repertor)*, das gar nichts lernen will, dann muss das Tier halt weg. Entweder wird es ausgesetzt oder – was noch viel schlimmer ist – die Leute versuchen, das Tier zu ertränken oder sonst wie umzubringen. Wenn sie's dann wenigstens zu Ende bringen würden . . . Wir dürfen uns dann nämlich auch um die Tiere kümmern, die den Tötungsversuch überlebt haben. Und das ist nicht schön, das kann ich Ihnen sagen.

So ein Drache dreht doch total durch, wenn Sie ihn unter Wasser halten. Der bekommt für sein restliches Leben einen Knacks weg; da ist es schon besser, man führt's gleich zu Ende. Aber ich muss gestehen, ich kann's auch nicht. Wenn so ein kleines, durchgedrehtes Vieh einem erst mal an der Hose hängt und vertraulich züngelt, kann ich's auch nicht mehr um die Ecke bringen.

Aber die Leute, die den Tierchen das angetan haben, also die könnte ich . . . lassen wir das lieber.

Genauso schlimm sind aber auch die Menschen, die sich Drachen nur kaufen, weil's chic ist oder weil sie einfach zu viel Geld haben. Vor allem den *Draco Autumnus* oder auch *Flavus* findet man oft in diesen Yuppie-Appartements. Diese Art ist ja sehr klein und hat diese schönen Farben.

Also, das muss ich jetzt mal sagen, auch wenn viele das nicht gerne hören: Der *Autumnus* ist so ein richtiger Frauendrache, ein Schoßdrache sozusagen. Er sieht halt putzig aus und spuckt auch kaum Feuer, wenn er gut erzogen ist.

Doch was die Frauen teilweise mit dem anstellen! Völlig überfüttert und neurotisch sind die Tiere meistens. Ich hab sogar mal erlebt, dass einer mit Parfüm eingesprüht wurde, damit er nicht mehr so nach Schwefel riecht. Das Tier hatte sich fast selbst in Brand gesetzt, als es vor sich hin geraucht hat. Seiner Besitzerin ist natürlich nichts Besseres eingefallen, als ihm ein Glas Wasser über den Kopf zu schütten. Und was passiert, wenn ein Drache mit Wasser in Berührung kommt, muss ich ja wohl nicht noch mal erzählen . . . Nachdem das Tierchen dann durchgedreht war, wollte die Besitzerin es natürlich auch nicht länger behalten, weil es seine gesamte Erziehung vergessen und ihr die Gardinen und Tischdecken anzusengen begonnen hatte. Und wir dürfen dann sehen, was wir mit dem armen Ding machen.

Die seltenste Art stellt ja bekanntlich der *Draco Aquaticus* dar, der Wasserdrache also. Warum er statt Feuer Wasser speit, weiß so genau noch keiner. Die Forschung vermutet, dass es sich um eine Mutation handelt. Ist ja auch egal, der *Aquaticus* ist ebenfalls ein typisches Tier für Neureiche.

Ich habe schon mal erlebt, dass ihn so ein Börsianer als Tischspringbrunnen benutzt hat und dafür von all seinen Freunden beneidet wurde. Der Drache war ihm dabei natürlich völlig egal. Man muss dazu sagen, dass Wasserdrachen natürlich eine Feuerphobie haben (also genau umgekehrt zu den Feuer speienden Drachen). Und der Besitzer war starker Raucher, sodass das Tierchen ganz panisch geworden ist und fast ständig Wasser gespuckt hat. Da muss dem Idioten wohl die Idee mit dem Springbrunnen gekommen sein …

Den umgekehrten Fall hatten wir übrigens auch schon: Da hat einer seinen Feuerdrachen klein gehalten, indem er ihn falsch gefüttert hat, und ihn dann auf dem Wohnzimmertisch angekettet, um ihn als Feuerzeug zu benutzen. Da wird's einem schon ganz anders, wenn man sich vorstellt, wie das Tier über die Jahre gelitten haben muss.

In letzter Zeit kriegen wir in der Drachenschutzbehörde allerdings auch ganz andere Probleme: Wir müssen immer häufiger Menschen vor den Drachen retten, nicht umgekehrt. Im Volksmund heißen die inzwischen schon nur noch »Kampfdrachen«, obwohl der wissenschaftliche Name *Draco Efferatus* lautet. Es handelt sich hierbei um den größten und gefährlichsten Drachen, den sich kein normaler Mensch als Haustier halten würde. Außer diesen Punks natürlich, die sich damit die »Normalos« vom Hals halten wollen. Leider haben sie die *Efferati* nicht immer unter Kontrolle, was ihnen aber auch eigentlich egal ist. Es sei denn, die Tiere greifen sie selbst an, dann ist das Geschrei natürlich groß und wir dürfen anrücken, um das Kind aus dem Brunnen zu holen – mal ganz abgesehen von der Prozessflut, die ins Haus steht, wenn das Tier jemand Fremden anfällt.

Ich kann es nur noch mal ganz deutlich sagen: Informieren Sie sich gründlich, bevor Sie sich einen Drachen zulegen, denn das ist ein Schritt, der Ihr ganzes Leben verändern kann. Kommen Sie vorher zu uns in die Drachenschutzbehörde, wir beraten Sie gern.

Wenn Sie Kinder haben, ist zum Beispiel ein *Draco Auritus* (auch »Eselsdrache« genannt) ideal. Der hat lustige große Ohren und tut garantiert keiner Menschenseele etwas, auch wenn er ein bisschen dümmlich ist.

Wenn Sie viel unterwegs sind, sollten Sie sich keinen *Repertor* anschaffen, der verkümmert dann nämlich, wogegen sich ein *Insulsus* ganz gut allein beschäftigen kann.

Sie sehen also, es gibt viele Sachen zu bedenken. Aber wir helfen Ihnen gerne bei einer Entscheidung. Kommen Sie zu uns, wir sind montags bis freitags von 8 bis 12 und von 15 bis 18 Uhr für Sie da.

AUTORENBIOGRAFIEN UND
QUELLENNACHWEIS

Stefan Bauer

wurde 1962 in Saarlouis geboren. Nach seinem Studium der Philosophie, Amerikanistik und Englischen Literaturwissenschaft arbeitete er vier Jahre lang als Buchhändler und freier Mitarbeiter für verschiedene Zeitungen, Zeitschriften und den Rundfunk. 1992 wechselte er zu einem großen deutschen Publikumsverlag und ist dort seitdem als Lektor, Herausgeber sowie in der Programmleitung tätig.

Feuerschlund. Originalbeitrag © by Stefan Bauer.

Katja Brandis,

1970 geboren, studierte Amerikanistik, Germanistik und Anglistik. Sie begann schon als Kind Geschichten zu schreiben, die oft in fernen Welten spielten, und produzierte als Jugendliche stapelweise Manuskripte. Heute lebt sie mit ihrem Mann und Sohn in München und arbeitet als Journalistin und Autorin.

Arthor auf Schloss Fledermaus. Originalbeitrag © by Katja Brandis.

Cressida Cowell

lebt mit ihrem Mann Simon, den Töchtern Maisie und Clementine sowie den zwei Katzen Lily und Baloo in London. Sie schreibt Kinderromane und Bilderbücher, die sie auch selbst illustriert.

Zahnlos wacht auf, Drachenzähmen auf die schwere Art und *Furcht, Eitelkeit, Rache und dumme Witze* aus: dies., »Drachenzähmen leicht gemacht« © by Arena Verlag, Würzburg 2004.

Heike und Wolfgang Hohlbein

sind die erfolgreichsten und meistgelesenen Fantasy-Autoren im deutschsprachigen Raum. Seit ihrem Überraschungserfolg »Märchenmond« konnte sich die wachsende Fangemeinde auf zahlreiche weitere Bestseller freuen.

Drachenthal. Die Entdeckung. Romanauszug aus: dies., »Drachenthal. Die Entdeckung« © by Verlag Carl Ueberreuter, Wien 2002.

Kirsten Konradi

wurde 1973 in Lippstadt geboren. Sie studierte Deutsche Sprache und Literatur sowie Amerikanistik in Marburg und lebt und arbeitet heute als Freie Journalistin in Lippstadt und Hamburg. Mit dem Schreiben begann sie bereits zu Schulzeiten und hat einige Kurzgeschichten in Fantastik- und Jugendanthologien veröffentlicht.

Wir von der Drachenschutzbehörde aus: Förderkreis für Fantastik in Wetzlar e. V. (Hg.), »Die Rückkehr der Drachen« © by Kirsten Konradi.

Astrid Lindgren

wurde 1907 in Vimmerby im schwedischen Småland geboren. Sie gehört zu den bekanntesten Kinderbuchautoren der Welt. Sie ist die geistige Mutter von Pippi Langstrumpf, Michel aus Lönneberga, Ronja Räubertochter und vieler anderer Figuren. Astrid Lindgren starb 2002 im Alter von 94 Jahren.

Der Drache mit den roten Augen aus: dies., »Märchen« © by Verlag Friedrich Oetinger, Hamburg 1986.

Catharina Chiara Marzi

ist elf Jahre alt und Schülerin. Sie lebt irgendwo im Saarland mit ihren schrägen Eltern und zwei wilden kleinen Schwestern in einem Haus, das einen Keller, ein Dach, viele Türen und einen verwunschenen Garten hat. Sie liebt es, in Geschichten abzutauchen, und begann schon im Alter von zwei Jahren, Buchstaben auf Wände zu kritzeln.

Lynn-ya, die Drachen und ich. Originalbeitrag © by Catharina Marzi 2007.

Christoph Marzi,

geboren 1970, wuchs in Obermendig nahe der Eifel auf und lebt heute mit seiner Frau Tamara und seinen drei Töchtern im Saarland. Der Autor erhielt 2005 den Deutschen Phantastik-Preis für das beste Roman-Debüt.

Des Salamanders tiefster Seufzer. Originalbeitrag © by Christoph Marzi.

Carole Wilkinson

wurde in England geboren und kam als Jugendliche nach Australien. Sie arbeitete in allen möglichen verschiedenen Jobs, bis sie mit knapp 40 Jahren endlich erkannte, was sie wirklich wollte – schreiben. Seitdem schreibt Carole Wilkinson Drehbücher für das Fernsehen, Sachbücher und Romane für Kinder und Jugendliche.

Der Schwarze Drachensee und *Ein Topf, ein Eimer, eine Schöpfkelle* aus: dies., »Im Garten des Purpurdrachen«, © by Cecile Dressler Verlag, Hamburg 2006.

Stan Bolovan und seine traurige Frau. Märchen aus Rumänien aus: Helga Gebert (Hg.), »Riesen & Drachen« © by Beltz & Gelberg in der Verlagsgruppe Beltz, Weinheim und Basel 1981.

Wir danken allen Lizenzgebern für die Abdruckgenehmigung.

Sissel Chipman

Ravenhill - Das Vermächtnis der Elfen

Ravenhill. Kälte und Dunkelheit bedecken das Land. Alles fing an in der Nacht, als der Sonnenstein tief unter der Erde verschwand. Nur der geheimnisvolle Feuermeister, der angeblich unter den Menschen lebt, kann den Stein berühren. Bendik zieht es magisch in das Abenteuer, den verschwundenen Stein zu suchen. Zusammen mit seinem Drachen Skimre macht er sich auf den Weg. Aber unter der Erde leben heimtückische Zwerge und schwarze Elfen, die ihm eine gemeine Falle stellen …

256 Seiten. Arena-Taschenbuch. Ab 10 Jahren.

ISBN 978-3-401-02964-1

www.arena-verlag.de

Arena

Sylvania Pippistrella

Vampir-Attacke

Es wird gruselig! Clevere Vampirjäger und durstige Vampirinnen, uralte Fledermausmenschen und gefährliche Mitternachtswesen treiben ihr Unwesen in dieser Vampiranthologie. Von der Lust nach dem roten Saft und der Angst vor dem Sonnenlicht erzählen Gruselexperten wie Thomas Brezina, Paul van Loon, R.L. Stine und Bram Stoker.

168 Seiten. Arena-Taschenbuch. Ab 10 Jahren.

ISBN 978-3-401-02436-3

www.arena-verlag.de